現代こども詩文庫　2　内田麟太郎詩集

もくじ

詩篇

詩篇

『うみがわらっている』から

ひとのことば

オウムは
ひとつだけおそわった
ひとのことばを
――さようなら

さっちゃんがとおる
まどのむこうを
オウムは　さっちゃんをよぶ

——さようなら

きこえないからなんどもよぶ

——さようなら

——さようなら

——さようなら

サメのゆめ

サメは
わらわない
くすりとも

サメは
なかない
くしゅんとも
ただだまって
にくをたべる

それから
ゆめのなかで
さめざめとなく

タぬき

タヌキはタをぬいて
ヌキになった

このよにいないヌキ
あのよにもいないヌキ
だれにもみえないヌキ

(これでいいのだ)
マムシにくれてやった
タというもじ

マムシがいたあたりから
タマムシがとんでいく

恋文

みみずはひらがなばかりで手紙を出した
せつないおもいをいっぱいこめて
くねくねうねうね　くねくねうねうね
——ぼくはきみがすきだ

待ちこがれていた返事は
——わたしはしろみがすきよ
おちこんでいるみみずに
ナナフシが直して見せる

ぽきぽきまじりの文字に
——僕は黄身が好きだ
——私は白身が好きよ

なみ

へへへへへへへへへへへ
へへへへへへへへへへへ
へへへへへへへへへへへ
へへへへへへへへへへへ
へへへへへへへへへへへ
へへへへへへへへへへへ
へへへへへへへへへへへ
へへへへへへへへへへへ
へへへへへへへへへへへ

うみがわらっている

ワニ

——あーんして

▽▽▽▽▽▽▽▽▽▽▽
△△△△△△△▲△△△

——虫歯《むしば》だね

魚屋にて

うるめと
するめが
ならんでいた

ならんで
はなしをしていた
――かえりたいねえ　うみへ
――かえりたいなあ　うみへ

どちらもおもわず
なみだをながした
うるめは　うるうると

するめは　するすると
（ふん　はらがすわってねえ）
さばははらをさばかれながら
さばさばしていた

ゆきどけ

たにがわの　ゆきがゆるみ
フキノトウが　かおをのぞかせる

うつら　うつら
タヌキは　ねむる

ねむりながら　ゆめをみる
あっちこっちに　かわいいむすめがいて
あっちこっちに　うまいものがあって

せか　せか　せか
キツネが　でんぽうはいたつにやってくる

――ふん　たぬきねいりか

なげていく　でんぽう
どこかで　ウグイスがないている
タヌキクンへ
ホドナクアソビニイクツモリデアル
ナダレ

もしかしたら

かみさまは
みえません
さわれません
においません
しんでいても
だれにも
きづかれません

『きんじょのきんぎょ』から

ほし

そらに
ぽっんと　ほしが　ひかる
いちばんぼし
つづいて
にぼし

ほしで　いっぱいの　あまのかわを
にぼしが　およいでいる
みりんぼしと　いっしょに

いちねんせい

うれしい　たのしい　いちねんせい
おっとせい　くんせい　らっかせい
せいせきおちたら　きがせいせい

うれしい　たのしい　いちねんせい
きんせい　もくせい　かいおうせい
せいせきのびたら　ようきのせい

うれしい　たのしい　いちねんせい
よそみせい　ぽっとせい　あくびをせい
せんせいおこったら　ねたふりせい

うれしい　たのしい　いちねんせい
ほっとせい　あっとせい　みちくさせい
せいがのびたら　にねんせい

たちうり

かきくけ　えかき
かきくう　えかき
かき　くいながら
かきかく　えかき
かくかきくって　かけないえかき

なにぬね　なにや
なにやか　わからん
なにやら　かにやら
かにうる　おとこ
いかにもうれない　いかものばかり

たちつて　たちうり
たちうる　おとこ
たちは　なまくら
なまこも　きれぬ
たちみのきゃくは　たちさるばかり

なりたいな

うまれつきって　あるのかな
どんなに　はやく　かけたって
やっぱり　いつも　びりだもの

うまれつきって　あるのかな
どんなに　れんしゅう　つんだって
やっぱり　ピアニカ　だめだもの

うまれつきって　あるのかな
まるい　かおは　かあさんに
もじゃもじゃ　まゆは　とうさんに

うまれつきって　あるのかな
もしも　ほんとに　あるのなら
とうさんみたいに　なりたいな
おいしい　そばやに　なりたいな

しばらく

かもは　かもなんばんを　たべない
きつねも　きつねうどんを　たべない
いかも「いかがなものか」と
いかめしには　くびを　かしげる
でも　たぬきは
へいきで　たぬきうどんを　たべる
それから　しばらく　ねこむ

しか

しか　はしかなのに
しかいへ　いった
しかい　はしか　なおせなかった
しか　しんじやった
しか　しぬとき　つぶやいた
「しかたがない」
しかい　すまなくて
しかの　はかたてた
はかたてて　つぶやいた
「はかない」

かみさま

かみさまは
にんげんどもが
じぶんばかり　むいているので　さびしくなる

せんこう　もうもう
おさいせん　じゃらじゃら
かしわで　ぱんぱん
おそなえ　どっさり

（なさけないねぇ　かみだのみだなんて）
かみさまは　さびしくなって　くまをよぶ
—おーい　くま

でも　くまは
さけとりにむちゅうで　ふりかえらない
―おーい　くま
かみさまは　もういちどよぶ
それでも　やっぱり　おなじ
―おーい　あくま！
かみさまは　おこって　どなる
―うるせえ　しらがじじい！

（いいねえ）
かみさまは　ほっとして　ひるねする

『ぼくたちはなく』から

いたよね

―くも
おまえが　さけんだ
どこに？
とおいそらに　ちいさなくもがあった
ふたりは　きえるまでみていた
どてにすわり

あのとき　どれだけのひとが

あのくもを　みていただろう
もしかしたら　ふたりだけ
おまえはいった
―あそこに　くもがいたよね
おまえは　ふりかえりながら
もういちどいった
―あそこに　くもがいたよね

ぼくたちは

もしかしたら
にんげんがえらいのは
かなしくても
つらくても
しにたくても
いきているからかもしれない

いしは　なくだろうか
てつは　なくだろうか
ほうせきは　なくだろうか

ぼくたちは　なく

つらくて　つらくて　なく
こえを　ころして　なく
こえを　あげて　なく
でも　ぼくたちは　いきていく

つらさを　かかえながら
かなしみを　だきしめながら
そんなぼくたちをみて
だれかがいっているようなきがする

　がんばれ
　がんばれ

ぼくたちは　いきているだけで
きっと　えらいのだとおもう
かなしみを　こらえて　いきているのだから

おいおいなきながら　いきているのだから
それだけで　じゅうぶんに

おまじない

さびしいときのおまじない
あんぽん　すかたん　ほうれんそう
ぞうのうんちをかばふんだ

かなしいときのおまじない
おちゃわん　たくあん　がんもどき
うまのしょんべんたきのおと

しにたいときのおまじない
うなどん　かつどん　さらうどん
ひまなふじさんおおあくび

そうかい

なんども　いじめられた
なんども　うそをつかれた

あるひ　ぼくも
じぶんが　いじわるなのに　きがついた
うそつきなのに　きがついた
（にんげんは　みんな　うそつきだ！）
（ぼくも　みんなも　うそつきだ！）
しんだ　おばあちゃんが　わらっていた
「みんな　そうかい」

ぼくは　ちいさく　くびをふった

なきははよ

なきははよ
ぼくは　たくさんなきました
さびしいなみだでありました
かなしいなみだでありました
そらにさけんでなきました
あかごのようになきました
あなたをよんでなきました
よんでもよんでもだめでした
けれども　あれからなんじゅうねん
いまでも　ときどきなくけれど
どれもうれしいなみだです
わたしのなかにいるははよ
ひとはなきひととよぶけれど

しゅみ

のこぎりざめ――にちようだいく
こがねむし――ちょきん
いのしし――たいあたり
てんとうむし――テスト
かめ――とうげい
ぞう――おはな
ドーナツ――わなげ
たび――りょこう
つる――つり
かなぶん――へいあんぶんがく
みみず――ヨガ
おたまにゃくし――さっきょく
ふくろう――ひるね
にんげん――じんせいそうだん

はじめまして

あかちゃんがいう
—わぶ　わぶ　わぶ
かあさんがいう
—そうなの　そうなの　うれしいの

あかちゃんがいう
—わぶ　わぶ　わぶ
かあさんがいう
—そうなの　そうなの　おなかがすいたの

あかちゃんがいう
—わぶ　わぶ　わぶ

かあさんがいう
—そうなの　そうなの　おしっこしたの

あかちゃんがいう
——わぶ　わぶ　わぶ
かあさんがいう
——そうなの　そうなの　だっこなの

ひとつのことばだけでも
ひとはわかりあえる

ぼくはせかいにいってみる
うまれたてのことばで
まだどのくにのことばでもないことばで

——わぶ　わぶ　わぶ

かける

つきが　かける
さらが　かける
おゆを　かける
かける　かける

しかが　かける
うまが　かける
とらが　かける
どこまでも　かける
かける　かける

かけて　へとへとになり
いすに　かける

はつこい

かなしみは
くりかえすごとに
しみになるだろうか
こころのしみに

かなしみは
悲し身
と書くのだろうか
漢字では

ボクは日記に書いている
きみに会いたくて

来い人よ
来い人よ

くどい

111111111111111111
111111111111111111
111111111111111111
111111111111111111
111111111111111111
111111111111111111
111111111111111111
111111111111111111
111111111111111111
111111111111111111
111111111111111111
111111111111111111

111111111111111111
111111111111111111
いちいち　うるさいねえ

なけたらいいね

なけたらいいね
ゆうひのまちを　みていたら
しんだとうさん　おもいだし
しずかにしずかに　なけたらいいね

なけたらいいね
とおいあかりを　みていたら
びょうきのじいちゃん　おもいだし
しくしくしくしく　なけたらいいね

なけたらいいね
ないてかえって　かあさんに

ぎゅっと　だかれて
なけたらいいね

すごい

いじめ　じめじめ
いじめて　みじめ
いじめ　みぬふり　なおみじめ

いじめ　いじわる
いに　じに　わるし
かんぽうききます　やまだやっきょく

かんぽうきいて
い　じ　わる　きえた
けさのうんちは　ふとくてすごい

くちぐせ

らくだ—らくじゃねえなあ。
かもしか—かもしれない。
となかい—そうかい。
いくら—たけえなあ。
ふくろう—ごくろう。
いか—いかにも。
さい—さいなら。
でんわ—いねえよ。
うんち—ふん
おいはぎ—おい！
かわぐつ—かわ、いい。
こい—す・き・で・す。

『しっぽとおっぽ』から

なみだいけ

ひとはなきながら
なきつづけながら
こころになみだのいけをこしらえていく

ひっそりとなこうとも
かくれてなこうとも
なみだはいけになる

ひとはなみだのなくなるひをねがう
そんなひのくることをねがう
だが　あるひ　きづく
かなしみこそなきひとにつながるものと

いけにうつるしろいくも
いけにうつるなつかしいひとびと
ほほえみながら
かけながら
うなずきながら

ひとはなみだのいけをだいていきる
たいせつにだきかかえ
こぼさないようにゆっくりとあゆむ

誕生

いのちは
なぜ　うまれてくるのだろうか

このよがくるしいばかりなら
うまれてこなければよいのに

このよがかなしいばかりなら
うまれてこなければよいのに
まるで　とおい　とおいむかし
せかいはしあわせだったというように
あかんぼうはうまれてくる

「ほら　ごらん。
これがほんとうのせかいです」と
いうように

ぼくらをまぶしくさせながら
ぼくらをやさしくさせながら

ないてもいいよ

ないてもいいよと　だれかがいった
だぁれもいないそらのした
やさしいこえで　だれかがいった
ぼくのせなかをなでながら

なみだでかすんだとうさんも
なみだでかすんだかあさんも
どちらもわらってうなずいた
あのひのようにうなずいた

なきむし　なきむし
ラリルレロ

なきむし　なきむし
パピプペポ

ひとはおしっこするように
ひとはなみだをながすのだ
せんねん　まんねん　ひゃくまんねん

おしっこでなけりゃしんじまう
なみだもでなけりゃしんじまう
なみだはこころのおしっこだ

ひとにこころがあるかぎり
なみだはひとのともだちだ
ひとりぼっちのそのときも
なみだはいつもともだちだ

ないてもいいよと　だれかがいった
かけて　ころんで　ないていた
あのひとおなじこえがした

ふりがな

「すきです」
と　いったら
「しつこい」
と　きらわれた

あれから
〈しつこい〉と読んでしまう漢字

失恋

だれの

「空クラゲ！」
きみがいった

晴れ上がった冬空に
巨大なクラゲが浮かんでいた

「さびしそう」
「うん」

だれのかなしみだろうか
歌にもならず
鳥にもならず

クラゲなんかになっちまうなんて

きしゃ

かえりたくて　かえりたくて
もう　あんなところまで　いっている

ふるさとへ　かえりたくて
ＳＬは　とうげを　のぼっていく

カアチャン　カアチャン
トウチャン　トウチャン
カアチャン　カアチャン
トウチャン　トウチャン

九歳のおまえに

おまえはいつも不意にやってくる
やってきて私の前に立つ
私をだれともしらないで

九歳のおまえの肩をだけば涙がこぼれる
涙ははらはらとおまえの顔にこぼれる

おまえは歩かなければならない
まだ長い道を
星になった母さんのところへ
いそぎたがるおまえよ

ヤンマよ　カナブンよ　クマゼミよ
この子のために命をください
ドンコよ　フナよ　ザリガニよ
この子のために命をください
タンポポよ　レンゲよ　カラスノエンドウよ
この子のために摘まれてください

私にはおまえの歩いていく道が見える
うつむきながら歩いていく道が見える
それは私が歩いてきた道

やがておまえは私に気づくだろう
私はおまえだったと
おまえは私だったと
そのとき二人は一人になり
命をくれたものたちに合掌しよう

ヤンマや　フナや　タンポポに

それから
星になった母さんのとなりで
小さな星になろう

しっぽとおっぽ

おしゃれな　しっぽが
おしゃれな　しゃっぽを　かぶったら
おっぽが　すねて
そっぽを　むいた

みてたのだ～れ
ハトポッポ

だいじゃやま

おっどんな
おおむたんもん
むしゃぶるい　とまらんと
たのしかねえ
だいじゃやま
いかんとね　いこばい
じゃじゃんこ　じゃん
やまが　いくばい
まちが　おどるばい

おっどんな
おおむたんもん

むぞかこは　かませんね
たのしかねえ
だいじゃやま
いっしよに　ひかんね
じゃじゃんこ　じゃん
やまを　ひこばい
まちを　ひこばい

おおむたっこ

おおなきするとが
おおむたっこ
むぞかこどもは　かませんね
たのもしかろが　ようないて
だいじゃやまの　わろうとる
いつか　ひくこぞ
じゃじゃんこ　じゃん
やまが　ねるねる
まちを　ねる

おおごえでるとが
おおむたっこ

むぞかこどもは　ひかせんね
たのもしかこが　そだつばい
だいじゃやまの　まもらすと
いつも　ひくこぞ
じゃじゃんこ　じゃん
やまが　ねるねる
まちを　ねる

『まぜごはん』から

ぽぽ

たんぽぽの　そばに
はとぽっぽが　いたよ
「ぽぽ」
「ぽぽ」
って　ないてたよ
たんぽぽさんの　なまえだね

ドッチボール

カオリちゃんが　すき

すき
すき
すき
すき
すき
うっとり

ボールが　とんできた
―ケンタ　すきだらけ！

つぶやいて

港でもやっているイカ釣り船
ぼんやり見ながら
父さんはつぶやいた
―いいねえ。

あれから五十年
もう父さんはいないけど
ぼくもイカ釣り船を見ている
小さな島の小さな漁港

―いいねえ。

つぶやいて父さんの子どもになる

ひばりに

ぼくにはことばがない
きみにかけることばがない
ぼくはただすわるしかない
うつむくきみのとなりに

いや　ぼくはたんぽぽになろう
きみのとなりにさく

いや　たんぽぽのわたげになろう
きみがそらへとばす

きみのおもいのそのことばを
とどけるゆうびんやさんになろう

そしてとばされながらひばりにはなそう
うつむいていたきみがかおをあげ
ぼくをそらへふいたことを

きみのいのちがじぶんでこしらえた
ちいさなかぜのことを

かくしきれないよろこびに
こえをつまらせながら
ひばりにはなそう

ちいさな　ちいさな　かぜのことを

カマキリ

（きりがないから）
カマキリは　キリギリスに
えんきりの　てがみをかいた

これっきり

きから　きへ　うわさはながれた
「カマキリが　キリギリスを　たべた」
（うわさには　きりがない）

きりがでて
カマキリの　かおをかくした

きりもなく　あふれてくる　なみだ

カマキリは　イギリスへ　いった
イギリスで　おもいっきり　さけんだ
「きりたんぽ　きりたんぽ　うまかったあ」

それっきり
つめきりは　ねたきりになった

ほっきょく

どうぶつえんでうまれたしろくまは
こおりをだいている
きもちいいのか　うっとりとめをほそめ

ねむいような　ねむくないような
しろくまは　きいている
どこかできいたことのあるなつかしいおとを
でも　それがなにかはおもいだせない

りゅうひょうを　ふきわたるかぜ
なきかわす　うみどりのむれ
とどのさけび

かあさんのおなかのなかできいていたもの

しろくまはだれにともなくつぶやく

「ぼくがすんでいたのは・・・・」

「あったかいところだったなあ」

青い山

さびしくなるとデパートへ行った
屋上に小ザルがいた
広いおりにたった一ぴきで

ぼくを見つけると
いつもかけよってきた
ひとりと一ぴきは手をにぎりあった
小さな　小さな　手だった
それからだまって遠くを見た
遠くには青い山が見えた

小ザルはあの山から来たのだろうか

いや　街で買われてきたのだろう
万引きでつかまり
ぷっつりと行けなくなったデパート
あれから半世紀
小ザルはとっくに亡くなっているだろう
ひとりぼっちのまま

継母《はは》にうとまれた子どもと
さびしい小ザルと
だまって見ていた青い山は
いまもあるけど

『たぬきのたまご』から

花のなかで

少年の日

かなしみを感じるいのちをたとうとした
くるしみを感じるいのちをたとうとした

花がさいている
レンゲの花がさいている
母が幼子《おさなご》のわたしをよんでいる

幼子のわたしが母をよんでいる

あのときは忘れていた声
あのときは聞こえていなかった声

ひとは生きぬかなければならない
いつか
かなしみのなかにその声を聞くために

ああ母がわたしをよんでいる
花のなかでよんでいる

ばたばた

へいたいさんの　はた
はたはた　はためいて
てきも　みかたも
はた　はたはた　はためいて

いさましく
――とつげき！

へいたいさんの　はた
ばたばた　たおれて
へいたいさんも　ばたばた　たおれて

ばた　ばた　ばた
ばた　ばた　ばた

へいたいさんの　かあさんは　なく
――ばか　ばか　ばか
へいたいさんの　とうさんも　なく
――ばか　ばか　ばか

ばかの　はか
はかの　ばか

いとしい　ばかむすこの
はかない　はか

楕円軌道《だえんきどう》

なくなったひとは遠い旅に出かける
だからいくらよんでも会うことはできない
いくら涙をこぼしても
もどってきてはくれない
それは遠い旅なのだから

でもそれはきみに与えられた大切な時間
さびしいこころを深くたがやしつづけるための
たがやしたこころにやさしさの実を結ばせるための
やがてその実から種がはじけ飛ぶころ
なきひとは楕円軌道の旅からかえってくる

きみとふたりで遠い旅へ出るために
だれにも見えないほど小さな星だけれど
二つのひかる星になって

なまえ

まだ　ことばが　なかったころ
つまり　なまえや　いみが　なかったころ
それでも　ひとは　いきいきと　いきていた

あるひ
あるおとこが　あるおんなを　すきになった
だれよりも
そのおんなだけを
だれでもない　そのおんなだけを
おとこは　いとおしく　おんなを　よんだ
――あ。

なまえが　うまれた
おんなの　なまえが
おとこが　いとおしく　そうよんだから

おんなは　しんだ
おとこは　つちを　たたいて　ないた
おんなの　なまえを　よびながら

ことばは　かなしみを　つれてきたけど
おとこは　そのなまえを　わすれなかった

したたらず

うまはうまくいえなかった
まずいものをうまいとは
へたなうたをうまいとは

うまくいかなかった
みやこのむすめとは
（したったらずは　うまれつきだから）
うまはいなかへかえった

いなかのくさはうまかった
（うまくはいえないが）
うまはふるさとへかえれたよろこびを

かえるにいった
――うまはかえる。
(ウマは、カエル?)
かえるはしばらくずつうがした

はるがすみ

はるの　のやまは　はるがすみ
―はるが　すむから　はるがすみ？
―そうかもね。

カエルが　わらっている
―カエルは　どこへ　かえるの？
―さあ。

カエルも　くびを　ひねっている
（おれは　どこから　きたんだっけか？）
かんがえても　かんがえても　わからない

はるがすみ
なつがきた

『なまこのぽんぽん』から

はと

はとが　ないてる
くる　くる　くる
さびしいのかな
くる　くる　くる
ともだち　よんでる
くる　くる　くる

ゆき

ゆきも　かえりも
ゆきがふっていた

かえりの　ゆきは
えりに　つもった

おとした　えりまきは
だれかが　ひろっただろう

ゆきおんなが
かおをかくして　ゆきすぎていく

イカ

ホタルイカは
ホタルを見ると
そっと目をそらした
自分が
――ホタル以下。
といわれているようで

イカたちは
――以下同文。
と聞こえてくると
聞こえないふりをした
自分たちがはしょられたみたいで

食事もこそこそとかくれてたべた
――イカのいかもの食い。
とささやかれているようで

――そのつらさはいかばかりであったろう。
タコははらはらとなみだをこぼした
――いかにも。　いかにも。
イセエビはおおげさにうなずいた。
スルメはこらえきれずにふきだした
（それからみっちゃんと山へでかけた）

ともだち

パンダはパンダ
リンゴじゃない
リンゴはリンゴ
ワニじゃない
ワニはワニ
ぼくじゃない
ぼくはぼく
きみじゃない

きみはきみ
ぼくじゃない

ちがっていたから
であえたね

やまびこ

さびしくて
キツネはあっちの山にむかってないた
——こーん。

——こーん。
声がかえってきた
キツネはうれしくてまたないた
——こーん。
——こーん。

キツネはいなくなった

あっちの山の
ともだちにあいにいったのだろう

夢の中で

かなしみがつもるとバスに乗った
バスにゆられて帰ってきた
なぜかいつものおなじ道順で

あれから何年すぎただろうか
町はすっかり変わったけれど
それでもところどころに
まだ昔の面影も残っていて

バスに乗って帰ってきた
母の隣でゆられてきた
六つのぼくがゆられていた

どうぶつえん

キリンがとおくをみている
ビルがじゃましてみえっこないのに
それでも
キリンはとおくをみている
かぜのふきわたるサバンナを

キリンはじっとみつめている
とうさんも
じっとこちらをみつめているから

『これでいいへら』から

河童

僕は夢うつつ人が死んで行くのを見たのだ
それはどれも
みいんな貧しい身装りをしていたのだ
彼等は一人一人
ふところに石を入れて
黙って順序よく
沈んでいったのだ
沈みながら彼等は
ゆっくりと身体を
回転しつつ河童の姿に変って行ったのだ

河童になったそれら死人達は
河底に思い思いに
円陣をつくりながら
切ない程静かな声で
ぼそぼそと生きて行くことの
哀しみや怒りを語り合っていたのだ
それらの哀しみや怒りは
大きい泡や小さな泡になり
ブクブクブクブク昇っていたのだ
哀しみや怒りはやがて
河面いっぱいにあふれて
おしあいへしあいしながら
夕闇の中を
海の方へ下って行くのが
見えたのだ

銀心中

行ってくるといっては
出て行き
ただいまといっては
入ってくるので
扉はそのたびに
開いたり　閉じたりしたんだ
それを　なんども　なんども
くり返しているうちには
行ってくるといっては
そのまんま
黙って行っては　そのまんま
の人もあったんだ。

なかには　とぼけた家族がいて
扉を閉じたまんま
天国へ行ってたんだ

人生航路

愚妻が豚児を生んだんだろうが
ともかく
〆男や捨吉と云う
名くらいは　あったんだ
あったんだが
いつのまにか
ジャリになり　ガキになり
右総代の右になり
その他多勢のその他になり
住所不定無職にもなったんだ
が　不定にも無職にも
国はあり

山下部隊長以下の
以下になったんだ
それで
死者行方不明多数の多数になり
とどのつまりが
無名戦士の墓

『内田麟太郎詩集』から

うしか・もしか

獰猛な獣の中でも
うしか・もしか　は
もしか　すると
牛かもしれない　と
いうような
とぼけた　獣だった
その　うしか・もしか　を
動物園で見た

動物図では
牛かもしか　と
書いてあった
それでも
うしか・もしか　は
うしか・もしか
草なんぞを　たべてはいても
お腹の中に　飼っている
兎を　こっそりたべているのだ

金さん　は

金さんこと森川
李さんこと斉藤
の　ことこと　ばかりの
朝鮮部落があり
そこに
森川さんこと金さん
を　訪ねても
いないよ
知らないね
仕方なく
森川さん　と言うと
ハイ　私です

それで
なんとなく
金さんのことには
ふれなんだ

三池港

あげん　潮のひいとつとに
あそこだけは　船の浮いとる
ああ　ほんとに　浮いとる

だから　やっぱり　三井は
すごかと言うのか
世界一はげしい干満の差
そこに築かれている三池港
ひき潮になれば　水門を閉じ
そこだけ　満々と水をのこし
船を浮べているさまは
どうしても　そう思えるのだろう

潮ひいた　海で
あそこばかりが　空色に輝き
船を浮かべているとすれば
無理のないはなしなのだ

荒尾の方からも　黒崎の方からも
どんどん　埋立のすすむ
まるで　大牟田の海は
あそこばかり　残して
消ゆるようで　淋しか

世界一　高かった　堤防も
いらんこつなるばい
なんか　組合も　つぶるるようだ
哀しか

うん　哀しかの
それに　みんな　潮水のひいたごつ
どっか消えた
百本の指でまにあわんごつ消えた

もう
あつどんな　もどれんとやろか
海じゃ　しおまねきの
ごろごろ　死ぬけん
もう　潮は来んて言いよる
でも貝と人間とは　違うとやろの
ホッパーの時は　うんと　来たもんの

ああそうなのだ
人間と貝とは違うのだ
人間はしおまねきやむつごろのように

逃げるだけでは　ないのだ
みんなもどってくる　もどって来るのだ
笑いながら　もどって来るのだ
こんな　哀しい　気持のするのも
その日までの　しんぼうなのだ
ツル江も　みんな　みんな
もどってくる
ばばしゃんに　顔ば見せにくるのだ
ばばさんは　と言いながらくるのだ

『あかるい黄粉餅』から

鉄橋

ゴトン　ゴトン
（合わせて10トン）
ゴトン　ゴトン
ゴトン　ゴトン
（合わせて20トン
――トラ食った？
――まだだよ
貨車と貨車が話していく
岩の上では猿が沢蟹の脚をならべている

（鯰が白い腹を見せて流れていった）
――あいつ　あの女を好きなのか
―らしいな
ゴトン　ゴトン
ゴトン　ゴトン
（ミミズが骨のある生き方を探している）
―生活の探求ってなんだァ
―ローンの組み替えだろう
ゴトン　ゴトン
ゴトン　ゴトン
（ヘビの脱け殻がカエルを呑みこんでいる）
――アンパンマン
――飛ぶんだろ
――マンションじゃないのか
――わらうんだよ
猿が岩の上に蟹の脚をならべ終わった

みんな片仮名だ

ハハハハハハハハハハハハハハハハハ

(川が橋桁に引っ掛かっている)

ペパイ

はる　うらら
ウララ　ウララ　ウラ　ウラ　ラ
（ポパイはピパイのスパイかもしれない）
もじょ　もじょ　毛女
あわてて伝書鳩を飛ばす常任幹部会員毛
［重要通達第四号　ポパイをポカリせよ］
同志ポリエチレン！
同志ピロプレピリン！
同志ペロキシレン！
同志アレルゲン！
はる　うらら
伝書鳩は春情に　メケ　メケ　女毛

メケ　メケ　女毛　１２・１２・１２
メケ　メケ　女毛　１２・１２・１２
毛は暗闇から発信しつづける
（ポパイはピパイのスパイかもしれない）
（かもね）
同志ヘアーは　アヘ　アヘ　アヘ
着毛を剥ぎながら伝書鳩をつつく
「同志毛へ　同志ヘアーより」
１　同志ポリエチレンはグミ中
２　同志ピロブレビリンはＤＯＫＯＭＯ中
３　同志ペロキシレンはテレホンクラブ中
４　同志アレルゲンは岩波ホール中
はる　うらら
毛は暗闇から発信しつづける
【もしもし　お隣の奥さん】
毛は暗闇から発信しつづける

【もしもし　電気屋さん】
はる　うらら
メケ　メケ　女毛
もじょ　もじよ　毛女
ポパイはピパイのペパイである

おまえとともだち

ボクが交尾したいというと
恋人はいいわよと頷いた
白い手が柵をつかみ二人は交尾した
信州の牧場には牛とアカトンボだけがいて
ヒトはいなかった
ボクはいった
「交尾だぞ」
恋人もいった
「交尾よ」
ボクは腰をエイッエイッと動かし大声でいった
「交尾だぞ！」
恋人もいった
「交尾よ！」

牛がなんとなく寄ってきたふたりを眺めはじめた
ボクは牛にいった
「おまえとおなじだぞ！」
恋人もいった
「私たちが上手よ」
そして恋人は牛には出せないかわいい声を漏らし柵に凭れた
ボクも蹄にはできないやわらかさで乳房をつつんだ
牛はいつまでもそばにいたけど
ニンゲンになりたかったかなぁ
信州の秋はとてもステキで
ぼくたちは2回交尾した
「おまえとおなじだぞー」
「あなたとおなじよー」
恋人は白いお尻をプリンプリン振った

『なまこ饅頭』から

ちんたら

ちんたら　まんたら
まんたら　ちんたら
イラクで　ひとしんでも
永良部で　ひとでしんでも
ちんたら
まんたら

ちんたらに　命令する
「ちん超て！」
まんたらに　命令する
「まん起て！」

立て！　起て！　発て！　人間の盾！
立て！　起て！　発て！　人間の盾！
タテ　タテ　ヨコ　ヨコ
真っ直ぐな線
真っ直ぐな迷わない
—直線

真っ直ぐなレールに　首二つ並べて
（来なかったわね　ポッポー）
（廃線だったんだ）
（アハハハハハ）

命拾いした　男と女の
からまる　ちんたらの　脚
からまる　まんたらの　脚
くねくね　くねくね

どこまでも　くねくね
ずっと　くねくね
やさしく　くねくね

朝顔のつる　くねくね
精子くん　くねくね
スネークちゃん　くねくね
美代ちゃん　くねくね
奥の細道　くねくね
心の旅路は　くねくね

イラクで　ひとしんでも
永良部で　ひとでしんでも
ちんたら　まんたら
どこまでも　ちんたら
どこまでも　まんたら

ひとつ

ソレカラ

キリガ　デル
キリガ　ハレル
キリガ　ナイカラ　コレッキリ
（私は子宮のために前貼りしないの）
（だからたまごっちで過ごしたい）
（この人生）
ユウキノウエニ　ユウキヲ　カサネ
（しばたいている睫毛）

ちゅんちゅんと鳴く日本の雀
ちょんちょんと鳴く朝鮮の雀

——今日は　諸君！
——もう　だれもいません
ダレモイナイ　ハラッパノ　ラッパ
トテタ—　トテタ—　トテタ—タ—
群舞する鳥に［低価格］連帯男の
（こんにゃく　みずあめ　からしれんこん）
廃坑に遺棄された［寂しい頭皮］男の
（きんとん　なっとう　さつぽろら—めん）
女の股を舐める［淡麗甘口］男の
（たまご　あなご　きなこもち）
ひしやげた家に潰された［形成・泌尿・美容外科］少女の
（ぎょうざ　たくあん　ふくじんづけ）
セシ—ル下着［食い放題の店］女の
（にくどん　しゅうまい　きぶんのはんぺん）
老人に尻を舐めさせてやる［¥en むすび］女の
（くろまめ　なめこ　ねぎとろろ）

平均　こんにゃく　水戸なっとう
金利　こんにゃく　旭なっとう
悩み　こんにゃく　浦島なっとう
自信　こんにゃく　姫なっとう
増毛　こんにゃく　大地なっとう

踏切を渡る　[裏切り]　ぼんやり
孤影　ればにら　ちゃしゅーめん
孤独　てんぷら　さつまあげ
孤立　あんぱん　かれーぱん
孤塁　やくると　こぞうずし
孤高　やきそば　ぽっちょんかれー

おまんこがひとつしかない花子の
「もっと生きたい」

をんな

なぁらぁなぁ　なぁなぁなぁ
なぁらぁなぁ　なぁなぁなぁ
なみは　なぁらぁなぁ　なぁなぁなぁ

をんなよ
わたくしのまあるいをんなよ
おまえのふたつのまあるいやまのふもとには
しげみにかくれたうみがある
——はぁるよこい
——はぁるよこい
しょうねんがうたえば
まあるいやまはふくらんで

まあるいやまはぬくもって
うみにはしおがみちてくる
（しおまねきは　ここ）
（むつごろうは　ここ）
しおはやさしくおしえてくれる
くりかえしくりかえしおしえられて
しょうねんはそだつ
（しおまねきは　ここ）
（むつごろうは　ここ）
ちょんちょんゆびをはさむしおまねき
くちゅくちゅゆびをしゃぶるむつごろう
をんながきく
——そこはどこ
——ありあけかい
——あ、り、あ、け、か、い？
——ふるさと

――くちゅくちゅ　ちょうだい

くちゅくちゅしゃぶってやるをんなのゆび
くちゅくちゅしゃぶってやるをんなのみみ
くちゅくちゅしゃぶってやるをんなのへそ
おんなのからだにゆっくりうみがひろがってくる
しょうねんのふるさとがひろがってくる
ひろがってくるうみがうたってくれる

　なぁらぁなぁ　なぁなぁなぁ
　なぁらぁなぁ　なぁなぁなぁ
　なみは　なぁらぁなぁ　なぁなぁなぁ

――そこはどこ
――ありあけかい

エッセイ

大牟田駅（著者撮影）

炭鉱のあった町

わたしの書くものに、故郷の影響はあるのかと問われれば、いくらかはあるはずだと思う。ライオンがお尻から飛んでいく絵本や、へへへへへと「へ」ばかりが並ぶ詩を書いていても。でも、それがどんな影響なのかは私はよくわかっていない。書いていけばいくらかは見えてくるのだろうか。なにしろ「故郷」とつぶやいても、青い山もウサギも浮かんでこないのだから。

私は福岡県大牟田市に生まれた。そして十九歳で上京し、そのまま東京に住んでいる。「大牟田?」と、聞きかえす人には「♪月が出た出た〜、で有名な三池炭鉱のあったところ」と答える。たいていの人は頷く。

昭和十六年生まれの私は、昭和二十二年に大牟田市立大正小学校に入学した（卒業は中友小学校）。朝礼がある校庭は千余人の児童で埋まっていた。敗戦で職を失った親たちが「三池に行けば飯が食える」と、大挙してやって来たからだ。力こぶをこしらえるほどでもないが、戦後復興は三池からという時代だった。汽車も船も火力発電も石炭で動いていたのである。ちなみに、わが内田家の先祖も廃藩置県で職を失い、「三池に行けば」とやって来た、立花藩のオチ武者である。

ついでに書いておくと、大正小学校は大正町にある。いうまでもなく大正時代に開けた町だ。その町名を気ままにうろつけば、本町、古町、明治町、昭和町、築町、新地、上官町と、町の歴史が透けて見える。

江戸時代はひなびた漁村（本町辺り）にすぎなかったところが、明治時代に一気に開けていったことがわかる。石炭の力だ。新地や浜田町というのは、有明海を埋め、社宅を建てたところである。だから地形的には、海より低いところ、高い堤防の下にある。

私は大正町に住んでいた。すぐそばにはデパート松屋（銀座松屋とは無関係）があり、市内一の賑わいを誇る大牟田銀座通商店街があった。家業である看板屋のお得意様は商店街だったからだ。ああ、緑の山はどこにある。

小学三年になり居候していた大正小学校から、新築の中友小学校へ引っ越した。居候していたのは、米軍の空襲で市内は丸焼け、学校なんて残っていなかったからだ。そんなわけでにわか仕立ての大正小学校には、土間の教室もあった。

中友小学校は、商人の子と社宅の子が半々くらいの構成ではなかっただろうか。ときどき社宅の友だちの所へ行くと、無気味なほど静かすぎる感じがした。つつましい暮らしといえばそうなのだろうが、どこからも音が聞こえてこなかった。置かれた物はそこをずっと動かないという感じだった。わが家は親戚も看板屋と豆腐屋だったから、いつ遊びに行ってもなにかの音がしていた。音がしないというのは不思議な世界だった。

このごろ自分は街育ちなのだとつくづく感じている。むろん銀座育ちや浅草育ちというほど格好良くはないが。おなじ子どもの本を書いている高橋秀雄さんや最上一平さんと話していると、「ああ」となるのだ。お二人は村で育っている。それが書くものの根っこにいつもある。悪くいえば鈍重、よくいえば素朴ということになるだろうか。その鈍重というまことが私にはない。いつも、ふわふわ。

家の近くには映画館が八館あった。すこし足を伸ばせばもっとあった。娯楽は映画という時代でもあったが、町全体に活気があったからだろう。石炭は掘れば掘るほど売れた時代だったから。私は清流で岩魚を追ってはいない。畑も耕したこともない……。

映画館があふれた街。そこで私は育った。ことに十八歳から十九歳までのグレていた時代には、ただただ映画館に入り浸っていた。そのようなことが高橋さんや最上さんにはないという。私は「ああ」とならずにはおられない。映画通というほどではないが、それでも自分の書くものにオシャレを求めているところがある。炭鉱町のおしゃれだから、オシャレといってもそれまでのことだが……。浅丘ルリ子も雪村いづみもオシャレだったなァ。

絵本テキストを書いているときに、自分が映画監督になりテキストを展開しているのを感じる。「ここは俯瞰」「ここは仰角」「いや、ロングだな」と。ともかく絵が見えてこないことには、絵本テキストを書くことは出来ない。このあたりは童話に絵をつけ「絵本だ」といっているひとと、私のちがいだろうか。

絵が、見える。場面が、見える。

これは映画ばかりではなく、中学で絵を好きになり、高校で美術部にいたということもあったとは思う。それでもタブローは絵本のように展開を愉しむ世界ではない。やはり絵本はタブローより映画に近い。

街育ち。それも映画館育ちというのは、自分で思っている以上に、大きいことだったのだなと感じている。ことに絵詞作家になった、いまの私には。

作家の話を聞いていると、海の見えるところや、山の見えるところに、仕事部屋を構えたい、構えたという話をよく聞く。むろん私も（いいなぁ）とうらやましく思う。しかし、すぐにそれを自分に禁じている自分がいる。それもかなり厳しく。私の声は私にこういっている。「おまえは街に住め。それがおまえの活力の源なのだ」と。「街を捨てたとき、お前は死ぬだろう」と。

これはおかしなことなのだ。なぜなら私は自分にストイックな生き方を課すことを、とうに捨てている。それは自分にも他人にも残酷なだけで、なにものも生まないと知っているから。でも、私は駅前のマンションに住んでいる。周囲を飲み屋に囲まれたところに。わたしは「ばばしゃん」とつぶやく。

継母に疎まれたわたしを可愛がってくれたのは祖母だった。祖母のいる家は飲み屋に囲まれていた。昼間から女たちが髪をつかみ合い喧嘩をしていた。

商店街と映画館と飲み屋と特殊飲食街と。炭鉱夫とヤクザがいた。それが私の生まれた町、故郷だ。私はこのような猥雑な空気の中で生きていた。

ストイックな声がどこから来たのか。それがなんだったのか。いまの私はおぼろげにわかっている。声は「お前は、お前の故郷を捨てるな」といっていたのだろう。故郷と言えば「♪兎追いしかの山　小鮒釣りしかの川」となるけれども、猥雑な街もまた故郷なのである。それをありのままに愛せよ。そう声はいっていたのにちがいない。大好きなばばしゃんも、友も、生きていた街なのだから。わたしの仕事は自分でも猥雑な感じがする。そして浮ついている。猥雑というのが不正確なら、雑々といってもいい。まるで週替わりの映画看板を見るように、くるくると変わる。だが、映画館通りの看板が、ポスターが、私にくれた悦びもそうであった。

その活気のあった炭鉱も閉山し、遊び回っていた銀座通りの社宅はすべて更地になり、人口は半分になった。遊び回っていた銀座通り商店街はシャッター街になり、デパートの松屋も更地になっている。その前に立てばさびしさだけがひしひしと迫ってくる。いや、そのような感傷は私にはない。夏祭りの大蛇山ともなれば、大牟田はいまも猥雑な熱気でふくれあがる。炭鉱の街であったことを見せつける。へたばってなぞはいないのである。「おっどんな大牟田もんぞ」。人口十二万余の街は三十万人の善男善女でひしめく。大蛇山は火を吹き、暴れ回る。

「りんたろうさん、街おこしば手伝ってくれませんか」

松屋跡地に絵本美術館を作りたいという。「ともだちや絵本ミュージアム」(仮称)。私はもちろんだが、それよりも熱く、故郷の友や、市や商工会、そして商店や絵本好きな人たちが奔走している。

「大牟田に絵本ミュージアムを作るたい」

私は夢見る。でも、もう少年のように夢を見ることはできない。昔とおなじ賑わいが銀座通りに戻ってくるとは思っていないから。それでも私は夢を見る。シャッターがまた開いていく。子どもたちの声が聞こえてくる。人通りがふえてくる。

私の故郷には岩魚もウサギもいなかった。炭鉱夫とヤクザと、ひしめく映画館と。それでもそんな街を私は一度も嫌ったことはない。それが私を育てた故郷だったから。いまも。

だじゃれは正義のためならず

とタイトルを付けたとたん、私のアンポンタンな脳味噌には「だじゃれは正義のため、ならず者」というだじゃれが響きはじめております。

♪まじめちゃん　さようなら
♪ぼくらは　だじゃれにあそぶゥ〜

そうです。ダジャレニストは、唯一の真理だとか、唯一の神さまとかを、常に横目で見ている輩なのです。なぜならば唯一真理主義者の人はいつも自信満々、自分を笑うことなんかないでしょうから。笑うのはどこまでも敵の愚かさで、自分の愚かさではありません。このような方の好む笑いは，敵を笑う風刺漫画や風刺文学です。私が風刺の笑いを好まないのは、そこに知的上位者のいやらしい眼差しを感じるからです。

「愚か者、さがりおろーっ！」

ボク、おろかだも〜ん。おや、脱線しましたね。それでは脱線ついでに、「きくわん車」という少年詩はどうでしょうか。正しいことを子どもに伝えたいという見本のような詩です。

きくわん車
きくわん車
くろい
つよいきくわん車

きくわん車
きくわん車
引っぱる
押して行くきくわん車（中略）

真夜中もはしるきくわん車
たいせつなきくわん車

中野重治。１９４６年の作品です。

「最後の箱」というすぐれた作品を持つコミニスト詩人です。誠実な詩だなあと思います。それはダジャレニストの私にもよく伝わってきます。でも、なんだか子どもたちが可哀想にも思えます。たぶんこの詩人は笑いのある詩は一篇も書かなかったのではないでしょうか。いいえ、書けなかった人でしょう。その理由を私は氏が唯一真理主義者だったからではないかと思っています。少年詩を書くときに、ついつい人生の教師になってしまうタイプです。いうまでもなく笑いには間が必要です。絶対を離れ自分を相対的に見る眼差しのことですが、詳しくは後で述べましょう。

それにくらべて、こちらの詩は笑えます。いいえ、そればかりかしみじみと詩人の愛が伝わってきます。子どももくすりと笑うことでしょう。阪田寛夫の「カミサマ」です。

こんなに　さむい
おてんきを　つくって
かみさまって
やなひとね

ココロがほのほのとほころんきます。阪田寛夫はカトリックだったと思いますが、「どうじゃ、カトリックは正しいぞ。その信徒のボクも立派だぞ」という眼差しは、どこにもありません。あるのは阪田寛夫のはにかみ、含羞です。おろかな自分を見つめている眼差しと、イエスへの、人間愛です。もし、中野重治に「かみさまって　やなひとね」という詩が一篇でも書けていたら…。笑いのある詩も書けていたことでしょう。

で、ふたたび脱線転覆。いざ鎌倉へまいりましょう。葉祥明美術館です。私は葉ほど唯一真理主義の絵もないなあと、かねてより思ってます。いいえ、真円の絵と言いかえましょう。真円とは中心点が一つだけの運動、つまり美の基準がひとつだけという価値観です。「これ、ことば遊びじゃなかったの？　絵本の話だったの？」と疑問をお持ちかもしれませんが、遊びとは効率的な直線世界から非効率的な曲線世界への逸脱です。迂回も、また、愉快とお楽しみ下さい。

真円の絵本作家　葉祥明

ゲージュツというものは進化論になじまないものですが、それでも私はゲージュツを、真円から楕円へ、楕円からひょうげへ、ひょうげからアホ派へ、と考えております。むろんアホ派も、まだ「派」ですから、希望としては「アホじゃありません、パーでんねん」の境地までいきたいのでございますが。

さて、葉のかならずしも代表作ということではありませんが、氏には『サニーのおねがい　地雷ではなく花をください』（文・柳瀬房子）という絵本があります。シリーズで5冊出ています。

葉が「地雷よりも花を」という柳瀬のメッセージに共感している、その誠実さを私は疑ったことはありません。私が首を傾げるのは、その絵本のテーマではなく、葉の絵に共通している絵の質です。地雷の敷設というのは「敵は殺してもいい」という思想が背景にあると思います。彼らはユダヤだから殺していい。彼らはクリスチャンだから殺していい。彼らはコミニストだから……。殺す根拠は彼らが自分の正義を唯一正しいことと考えているからでしょう。そしてそれは完全無欠の真理のはずですから、疑われることはありません。私はこのように真理は一つという考える美を、排除の美学と考えています。他者の存在を認めない真円の思想です。

そうであるならば、画家葉祥明は絵本を描くときに、すくなくとも他者の存在を認める楕円の美学を宿していなければならないのではないでしょうか。

いうまでもなく真円とは、中心の1点からコンパスで描ける等距離の正円です。これが世界観や運動になるとき、唯一神、唯一前衛党、唯一真理主義などと、かならず排除と粛清を招いています。だがこれにくらべれば、楕円は2点を必要とする円ですから、価値観としては他者（反対者）と競争しつつ共存する思想や美学といえるでしょう。

それでも真円世界の登場者が、神や、指導者や、美人（鶴田真由）だけであるように、楕円世界もそれがまだ二つの円である限りは、神と人間、進んだ者と遅れた者、若い美人とそれなりの人（鶴田真由とあなた）という構図から抜け出すことはできません。なぜなら、それは一つにしろ二つにしろ、まだそれぞれに中心点を持つ世界（円）だからです。でも、後述する楽焼の美〈ひょうげ〉にはこの中心点がありません。いいえ、無限といってもいい点の豊饒な世界が広がっています。そこでは真理（美）は固定されることなく、見る者との間で不断に生成をくり返す関係性の美が感じられます。たぶん楽焼が轆轤を使わない手捏ね、つまり非定型の美だからにちがいありません。

絵本の絵に〈地雷が排除した他者〉を描くということはどんなことでしょうか。絵に主人公ではない他者も描くということでは、むろんないでしょう。それは他者がいる絵柄ではあるといえても、絵の質が、他者との共存を求めている世界だとはかならずしもいえないからです。ここに葉祥明の絵の質の問題があると、私は考えています。葉もまた笑いに遠い絵本作家です。

葉の絵本の絵は、ひとことでいえば異性愛以前の絵といえばいいのでしょうか。私はいるが、その私の存在は他者（異性）との関係を持たないことにより、美しく保たれていると感じられます。街よりも、高原や海の場面が多いのはそのためでしょう。高原の草たちはそよ風にやさしく揺れ、遠くにポプラ並木が見え、空には白い雲がひとつ。そして赤トンボ……というような世界です。

このような画風を、葉祥明は、無意識にか、またはスタイルとしてか、ひとすじに守っています。無意識にならばなおさらのこと、葉祥明は、まるごとのいのち、まるごとの自然を排除して、その美を成り立たせているといえます。それは、葉の絵の中に、ムカデやヒキガエルを登場させれば、たちまち絵本世界がくずれてしまうことでわかります。

地雷に反対するということは、ムカデやヒキガエルもいのちだよねという考えを、美学を、自分の中に持つことなのではないでしょうか。

片山健の絵本はちがいます。ムカデも、ヘビも、ヒキガエルもわんさと出てきます。それで絵本の世界が壊れるどころか、むしろ「いいぞ！　片山健！」と手をたたきたくなる、逞しさ、いのちの賛歌があります。これが、他者とともにある、まるごといのちを愛するということではないでしょうか。地雷に反対することはたぶん正しいことです。でも地雷の敷設が「敵は殺せ！」という排除の美学、真円の美を、思想的立場にしているのならば、画家にとって、まず問題なのはそのテーマに倚りかかることではなく、自分の絵が、排除の美学、真円の美学で描かれていないかと、疑問を持つことではないでしょうか。作家にとって思想とは対抗思想ではなく、どこまでも自分の感性のことだと思えるからです。葉祥明が地雷よりも花をと願っているならば、他者（ムカデなど）のいない自分の絵の質を変えていかなければならないでしょう。

片山健の絵本は地雷反対などとはひとこともいっていませんが、他者を、いのちをまるごとそのまま受け入れている絵本だと感じられます。ヒキガエルもいてもいい。ヘビもいてもいい。ナメクジも、ゲジゲジも、ヤモリも。いや、いてもいいんじゃなくて、いるのが

この世界なんだといっています。

「さびしいほし」という詩があります。古賀秀人です。

ちきゅうのおわるひ

じんるいは
とおいほしへひっこしました
きのみをつみ
くさのたねをつみ
どうぶつものせ

とおいほしで
きのみをうめました
くさのたねをまきました
ちきゅうそっくりに
まちもつくりました
かわもつくりました

（なにもかもそっくりだ）

つちをほじくり
にんげんはなきました
―ハサミムシがいないよ―
―ダンゴムシがいないよ―

ゲジゲジも　ヒキガエルも
ミミズもいませんでした

古賀の詩は、片山健の絵本世界に近いといえます。それでも、まだ古賀の詩には笑いがありません。なぜでしょうか。それはまだこの詩が、正悪二分法、つまり椿円の美学圏内にあるからだと思えます。古賀はさらに逸脱しなければなりません。でも、その前に椿円の世界をのぞいてみましょう。

椿円の絵本作家　片山健

葉祥明の絵本世界（構図）が静的ならば、片山健のそれはつねに動的です。いのちは、かがやき、踊り、駈けだし、うねり、沸き立っています。このような画家である片山健を、椿円の画家に閉じこめるのはまったく正しくないのですが、ここは葉祥明との対比においてのみ考えてみます。

片山には『タンゲくん』『どんどんどん』というすぐれた作品があります。タンゲくんとはネコの名前です。名前の通り左目が潰れ、その傷跡がこれでもかと残っています。おまけにあちらを向いた尻の穴まで、片山健は丁寧に描いています。それが、まことに美しく、いとおしく、こちらに伝わってきます。いのち派の片山健のまるごといのちを受け入れている、そのぬくもりが絵に宿っているからにちがいありません。なんと美しい尻の穴でしょうか。このような絵を、残念ながら葉祥明の絵本に見つけることは出来ません。

葉祥明がまるごとのいのちを、そのままに歌わない人だからです。歌われるのは葉に美しいと選択されたものだけです。白い雲、ポプラ、虹、水平線……。美少女は選ばれても、たぶんアナタは選ばれないでしょう。

絵本『どんどんどんどん』は、文字通り赤ん坊がただひたすら「どんどんどんどん」と歩いていく世界です。この赤ちゃんのたくましさがたまりません。まさに、どんどんどんなのです。赤ん坊の前に飛び出してくるものは、この世界です。いいえ、地球のいのちそのものといえます。ヘビが出てきます。ヒキガエルが出てきます。ミミズが、ムカデが……。むろん赤ちゃんの顔は〈かわいく〉なんかありません。でも、そのかわいくない顔がかわいく見えてきます。

いのちを愛する絵本とは、葉祥明的世界でしょうか。そうではないと片山健の絵本が私に教えてくれます。まるごとのいのちをいとおしむ者には、お尻の穴も美しくなるのだと。片山健の絵本は楕円世界の極北。いや、ひょうげた世界とのそのあわいにかがやいていま

す。

山村暮鳥の詩「野糞先生」は、つぎに語るひょうげへと架橋されている作品です。

かうもりが一本
地べたにつき刺されて
たつてゐる
だあれもゐない
どこかで
雲雀が鳴いてゐる

ほんとにだれもゐないのか
首を回してみると
ゐた、ゐた
いいところをみつけたもんだな
すぐ土手下の
あの新緑の
こんもりした灌木のかげだよ

ぐるりと尻をまくつて
しやがんで
こつちをみてゐる

ひょうげた美　長新太

ひょうげた美―この言葉に出会ったのは辻惟雄『綺想の系譜』です。むろんひょうげという言葉を知らなかったということではありません。その意味するものがストンと胸に落ちたということです。辻はこういっています。「日本独特の美である、ひょうげた美」。「そうだったのか」

劇画風にいえば私はポンと膝を叩きました。というのも私は前々から、長新太の絵に、また楽焼に、強く魅かれていたからです。長新太の絵はひょうげそのものでした。

長新太は常々こういっていました。「子どもの生理にまで届く絵を描きたい」。だが、そういう彼も初期の絵本はポキポキの直線で描かれていました。それは愛らしく描くのが子どもの絵本だという時代に、造形の前衛性においてまことに画期的ではありましたが、とても子どもの生理にまで届く絵だとはいえませんでした。直線と生理（自然）の関係でいえば、画家であり建築家であったフンデルトヴァッサーが、「自然界に直線はない」とすでに語っていました。いうまでもなく生理とは自然でしょう。

むろん長新太は実作を重ねるごとに、直線が子どもの生理（自然）にまで届かないことを感じはじめていたにちがいありません。絵本『おしゃべりなたまごやき』初版を廃版にし、新たな絵を描き起こします。それはいうまでもなくポキポキ線の絵を否定した、よりやわらかな線により描き直されていました。だが、それでもなお新版『おしゃべりなたまごやき』を、私は〈ひょうげた〉絵だと呼ぶには、ためらいがあります。ともかく長はひたすらに「子どもの生理にまで届く絵」を追い求めていきました。しかも造形性を手放すことなく。この子どもと造形性の両方に足を置くしんどい作家姿勢を、堀内誠一は「長新太の大股開き」と高く評価しました。子どもの本に誠実に向かうとは、長のようにつねに大股開きの痛みに耐えつづけることなのかもしれません。

長はさらに変貌していきました。そのたどり着いたところが、ひょうげた絵であったのではないかと私は思っています。それが、子どもたちの生理にまで届く絵の、長自身の答えであったと。真円でもなく、楕円でもなく、直線でもない、ひょうげた線と形が、長新太の求める「子どもの生理にまで届く絵」だったのは、なぜと問うまでもないことでしょう。子どもはまだ「真理」に殺されていない、いのちそのものだからです。くり返しになりますが、いのちは真円や楕円のように左右均等の姿をとることはありません。人の顔もその例外ではなく、左右対称な顔を描くと不気味な表情になります。真円と楕円の世界はこの不気味なものを、いのちに強いている価値観だったのではないでしょうか。無気味なのは不自然だからです。

さて、私のことです。実は私こそ真円の思想に凭れ詩を書いていたひとりでした。その思想が私の中で崩壊したとき、私は詩が書けなくなりました。わが世界観をこれまでのように言葉では書けなくなったということです。それは永く続きました。正確にいえば書いても「書けた」という実感をつかめない日々でした。

行きづまった私は「言葉で詩を書く」のではなく「言葉そのものから詩を紡ぐ」試みを始めました。思想が無くても詩は書けるかもしれないという、試みです。根拠は「こんなおれでも、怒りと悲しみはある」というぼんやりとした実感でした。まだ言語化はされてないが、あると感じられている怒りと悲しみです。言語化されてない意識の意識化。無意識世界への船出でした。みちびきの灯りは難破船から拾ってきた、シュルレアリスム芸術運動でした。合理性（定型）をなによりも排除し、創作の意識さえも追放した自動記述法を採り入れていました。でも、この自動記述法は何度かの試みの後に，私には信じられないものになりました。たとえ始まりは自動記述であっても、創作には意識が関わると思えたからです。

それでも、シュルレアリスムは〈ことばで書く〉から〈言葉そのものから詩を紡ぐ〉可能性を見せてくれました。ことばがそのものが紡ぐとは、理性もしくは意識を保留状態にしたまま、ことばの海に身を浮かべることです。もっといえばことばの海を信じ、ゆったりと身を任せることです。

詩にとって無意識世界とは、どこまでも広くどこまでも深い、このことばの海ではないでしょうか。大切なのは自分の意識や理性を「ちっぽけなもの」として扱う習慣です。それよりも日本語のひびきとリズム、その豊かな世界を信じる立場です。

ちと、脱線しましょう。シュルレアリスム運動の大きな功績に、ゲージュツに笑いを持ち込んだことがあります。ロダンやゴッホに笑いはあったでしょうか。これはじょうだんでもロダンでもなくほんとうのことです。

さて、話をもどせば、理性的私を「保留」し言葉の海を漂っていると、思いがけないものに出会います。ウニの親だったり、ウミウシのステーキだったり（まあ、ステキ！）。そう、素敵な偶然の出会いです。遊びの大切な要素のひとつが、この偶然です。ほかにも目まいやルールなどがあると、ロジェ・カイヨワはいっていましたよね。

この素敵な偶然の出会を「まあ、ステキ!」と大切にし、作品にまで仕上げていくのが、ことば遊びの作者です。

こ・と・ば・遊び。

偶然が偶然のままでは、まだ遊びではありません。遊びが遊びになるためにはルールが必要です。詩というルール。俳句というルール。だじゃれというルール……。ひびきあう言葉同士の偶然の出会い。リズムが通い合う言葉同士の偶然の出会い。その偶然の出会いへの,作者の意志的な介入が、私はことば遊びの作品だと考えています。ひびきあう言葉AとBを媒介するC。そして生まれる新物質X。このCが作者で、Xが作品です。この経験がシュルレアリスムの自動記述法を私が採らなかった理由です。

「それならば始めから意志的に創作すればいいではないか」という質問が予想されます。でも、それでは偶然の出会い、まだ見ぬ人との出会いの機会が奪われていきます。なぜなら、まだ見ぬ人―それは自分のちっぽけなことばの倉庫にはいなかった人です。おれの個性という倉庫にもいなかった人です。広く深い日本語(わたしの場合)の海にだけ隠れている人です。海に身を任せて浮かぶとは、真円の自分を「ほんにゃらはらら」と捨てることです。楕円の自分を「へなもへもへら」と捨てることです。暮らしの中ではダジャレニストなのに、それが作品にまでならないのは、その人の中に、まだ賢く見られたい自分がいるからでしょう。大切なのは「アホじゃありません、パーでんねん」にあこがれることではないでしょうか。その練習が、鵜飼も迂回、真円↓楕円↓ひょうげの回り道でした。

は〜い、また脇道に入りましょう。戦争協力詩というものがあります。なぜ彼らはそのような作品を書いたのでしょうか。民衆と切れていたから、個として弱かったから、リアリズムではなく歌だったからなどなど、いくつかの理由が挙げられています。いずれも頷けます。でも、私はもう一つのことを考えていました。宮本三郎の絵では戦争画は描けるけど、ミロの絵では戦争画は描けないということです。壷井繁治という詩人はプロレタリア詩の言葉を入れ替えただけで、戦争協力詩『鉄瓶に寄せる歌』を書きました。文体は変わることなくそのままです。これは大きなことなのではないのかと私は考えています。

それは詩の効用性、文体の効用性ということです。革命に役立つ詩（文体）は，戦争にも役立つ文体だということです。あまりにもそっくりな似姿は、どちらも目標に向かって効率的な文体だったからでしょう。そこにあるのは直線の軍事舗装道路で、くねくねの道ではありません。自然界には直線は無いという言葉がふたたび思い出されます。

効率的な直線の思想でなく、くねくねの思考。私はぼんやりと考えました。自分の詩の文体をまったく体制の役にも立たない非効率的なものにしよう、と。敵の似姿になる直線的言葉の構図から、たえず逸脱していく言葉です。浮かんできたのは言葉の遊戯性―ナンセンス（ひょうげ）でした。ひょうげたことばほど戦場に動員しにくい言葉はありません。その実作を紹介したいのですが紙数が尽きました。で、欠論です。

宮川健郎が私の童話を的確に語ってくれています。

「『ゴリラでたまご』では、ことばが物語を語るのではなく、ことばそのものから物語が生れる」。

ことばそのものから―これがことば遊びの秘術公開でしょうか。詩は、童話よりもさらにことばそのものから生まれるものといっていいでしょう。「しか」です。

しか　はしかなのに
しかいへ　いった
しかい　はしか　なおせなかった
しか　しんじゃった
しか　しぬとき　つぶやいた
「しかたがない」
しかい　すまなくて
しかの　はかたてた
はかたてて　つぶやいた
「はかない」

「日本児童文学」２０１４年11―12月号

秋山清と夢二と芋銭

去年のことになるが、秋山清について講演しろということになった。秋山を偲ぶコスモス忌で、ということになる。

大それたことをとは思ったが、引き受けたのは、秋山がつねづね「詩は自分のために書く」といっていたことにつき、いくらかは話せそうな気がしていたからだ。その糸口としては「詩は、叫びと言葉の間にあるもの」ではないかと、このごろ考えていたことがあった。まだ明確には言語化されていない叫びと、明確な言葉の間にある詩の「ことば」は、書いた自分にも説明しがたい感情を含んでいるにちがいない。いいかえれば、詩を書くとは、明確に語ればかえってそこから漏れてしまう大事なものがあると、本能的に詩人に感受されている心の状態だろう。実にあたり前なことだが、それが詩でしか語れないということではないだろうか。この考えの近いところに秋山もまたいた、とわたしは考えていたのだ。だからこそ秋山は自分の詩は自分にも説明できないし、また説明する義務もないと、いい切っていたのだと思う。

叫びと言葉の狭間にある「ことば」。

これこそがたぶん詩的感動の中核なのだ。「言葉」ではなく、まだ彷徨う「ことば」でしか在るこができないもの。言葉の多義性を道案内に彷徨うことば。それゆえにこそ、詩のことばは、常にみずみずしさを宿しているのだろう。

このような「ことば〈詩〉」を、民衆のために書くとは軽々しくはいえない。暮尾淳が『現代詩手帖』(２００９年1月号)で取り上げていた藤富保男『逆説祭』にしても、実に面白くすぐれた詩集ではあったが、はたして〈民衆〉にわかりやすい言葉だっただろうか。と、こんなことを話すつもりだった。

(ともかく、全集を読んでみよう)

さいわいに、秋山清には全集があった。

まず、『文学の自己批判』から読みはじめ、『竹久夢二』にすすみ、わたしは躓いた。どうにも前に進めなくなったのである。夢二にくらべることで、小川芋銭はにべもなく秋山に否定されていた。わたしはむかしから芋銭が好きだった。秋山の夢二論は、わたしの問題になってくる。秋山は、こう書いている。

『平民新聞』の協力者小川芋銭が大逆事件以後韜晦して茨城県牛久沼のほとりに住みついて河童の画家としての境地に隠棲したことと、最後まで市井の画家詩人として庶民の感情に浮沈した夢二の生涯に、ふかく距たる一線がある。

こうも述べている。

夢二の絵は、すべてにおいて稚拙のそれでいながら、彼の描くものが、民衆の生活とかかわる場において尖端的であったことは否定しがたい。同じ『平民新聞』の寄稿者、小川芋銭の練達の筆を、画壇無名の青二才夢二の絵画的発想が凌いでいたことは、五十年後の今日、それを回顧する者にうごかしがたく感銘されるところである。

——うごかしがたく感銘される。

ほんとうにそうだろうか。首を横にふるわたくしがいた。秋山は、二人の仕事を真に見くらべて書いているとはとうてい思えなかった。夢二の「黒船屋」と芋銭の「夕風」を、秋山はじっくりと見くらべたのだろうか。その胸を病む女たちと「海島秋来」を、ともいってもいい。

これは画論というよりも、倫理、党派のそれであろう。なぜなら、秋山は切り捨てた芋銭の、その絵については ひとことも語っていない。大逆事件以後——牛久に隠棲した云々とは語っているが。いや、二人の画のその線について、秋山は語っているではないかという指摘はありえる。

たしかに秋山は先の引用でこういっている。

夢二の絵は、すべてにおいて稚拙のそれでいながら、彼の描くものが、民衆の生活とかかわる場において尖端的であったことは否定しがたい。同じ『平民新聞』の寄稿者、小川芋銭の練達の筆を画壇無名の青二才夢二の絵画的発想が凌いでいたことは（略）

また別のところでは、こうもいっている。

あるとき私はふと草画といわれた夢二の筆づかいのなかに、憩いのようなものを感じたことがある。筆勢とか、筆意とか、そこに特殊な技術を主張しない筆の使い方である。

ことによると夢二の絵の秘密はここにかくされていないだろうかと。

練達の筆の芋銭と、特殊な技術を主張しない夢二の筆の使い方。こう書かれるといかにも夢二が庶民的で、芋銭がアカデミックな画家という印象を与える。しかしわたしの感想をいえば、芋銭の線は素朴を宿すとはいえども、夢二のものはそうではない。なるほど夢二の線は練達さは感じさせないが、だからといってそれがそのまま「特殊な技術を主張しない線」ということはできない。夢二の線をよく見れば明らかなことであるが、この線はイラストレーター夢二によって慎重に探られ創始された線なのだ。夢二式女を描くためにパターン化されたイラストショップ夢二の線だといっていい。

そもそも売れっ子のイラストレーターに、「特殊な技術を主張しない線」があるということは考えられない。そのようなイラストレーターはけっして売れっ子になることはできないであろう。印刷美術であり、再生産を不可欠としているイラストレーターの線は、「技術を主張しない」偶然に任せることはできないのだ。彼が見つけた線があり、その線によって描かれた絵を待っているファンがいるのだから。たとえば漫画家滝田ゆうの線は、手塚治虫の線にくらべ、練達において劣っているのではない。そうではなく滝田ゆうの描きたい世界があの線を生み出したのだ。それはまたその線がその世界を呼ぶという関係にもなるけれども。

夢二の線は、練達の線でないことを装った練達の線なのだ。わたしは先の講演でそれを「とまどい線」と名付けてみた。これは夢二が線を引く腕に自信がなく、とまどった線を引いていたということではない。それどころか「この、とまどいを宿したような、とまどい線こそが、わが女たち、わが世界を、生かす」と、夢二が創始し、確信された線なのだ。いうまでもなく夢二の世界も、その女たちも、秋山がいうごとくまさにとまどいを生きている〈弱い者〉たちだったのだから。夢二に練達な線が引けたことは、冨田渓仙風なその山水画？　を見ればわかる。

「さすがに芋銭だよねえ」と、その線の練達さをほめることはできる。また、わたしもそのようにいうときがある。しかし秋山のように夢二の線と芋銭の線をくらべて、評価を下すとなると「それはちがう」というわたしがいる。

渓仙にしろ芋銭にしろ、練達の線のいやらしさをしりつくし、その向こうにある線を求めた人ではなかっただろうか。ただ練達の線ではなく自在な線を。その線こそが、豊かな深さを、自由を、わたしたちに感じさせてくれるものだろう。

秋山の夢二と芋銭の比較は、「幸徳秋水云々」の倫理性の優位により、練達な線か、そうでない線かの問いに終わっている。しかし真に画家の線を問おうとするならば、その線は「自在な線のふくよかさ」を宿しているかどうかにあるだろうう。いうまでもなく、その線の宿すふくよかさ（自由）は、それだけでも十二分に画家からこの世界への豊かな贈り物だからである。

芋銭は『俳画というもの』で、こう語る。

其筆は拙きも滞らず、其形容は一見奇なるも自然を離れざるを尚ぶ。

練達の巧い線が求められていたのではない。自在な線が求められていたのだ。巧い線はくり返すことで求められる。しかし自在な線はたぶん生き方にかかわるだろう。嘘だと思うならば鉄斎八十翁の自在な世界と、七十翁の絵を見くらべてみるといい。

芋銭の線には練達があるのではない。生命そのもののリズムを宿す自在な線があるのだ。夢二の線には素朴があるのではない。素朴そうに描ける線があるのだ。

わたしの講演があった二日後に、正津勉『河童芋銭』(河出書房新社)が出た。副題は「小説小川芋銭」となっている。そのなかにこうある。


「若葉に蒸さるる木精」の、赤いベロをひらめかす木精。「水虎と其眷属」の、ギョロ目で睨むガッパ。いったいこの顔は誰であるのか。さらに周りの妖怪子ガッパに似るは?

それは誰も知らない。例え世間は忘れても、ひとり自分は憶えている。ついにこころを去らない。絞首台にぶら下がり揺れた、大逆事件の「魁偉」幸徳秋水、そしてその同志たちである。


芋銭が「そうだ」といったのではないようだ。正津が二つの絵にそう感じたということだろう。だが、芋銭の画業、その生き方をたどったわたしにも、芋銭のなかに忘れられることなく終生居つづけた幸徳秋水を感じる。それでなければ遠地輝武がこぼれるように漏らした「人間賛歌」のあれらの作品が生まれるはずはない。夢二と芋銭を、その生き方、画業を語るならば、その具体において、芋銭のほうこそが生き方でも画業でも、非権力だったように、わたしには思える。反権力というのではない。芋銭はそのような人だったのではないか。

いわずもがなのことだが、わたしのなかには俳画(本画)が上でイラストは下だという位階性はない。北斎に、暁斎に、比肩しえる本画家はそうそういないだろうといえば、わかってもらえるだろうか。

第20回コスモス忌　２００８年12月20日

雑談・リアリズムのそばで

文学はリアリズムでなければならない――というのをよく聞かされた。いや、芸術はだったかもしれない。

「リアリズムかァ」

それがよく解らなかった。いまも解らない。解らないのは「リアリズムも芸術だよ」ではなく「芸術はリアリズムだ」と、その人たちが、リアリズムのみと限定してくるからだった。

（じゃ、ミロやクレーはなんなんだろう。芸術じゃないのだろうか）

わたしは中学の終わるころから、この二人の虜になっていた。高校に入ってからはなおさらだった。だから、十代に築かれたわたしの感性はなかなかかたくなで、どうしても頷かなかった。（ミロは、どげんすっと？）

ちょっと脇にそれれば、それは抵抗の芸術、革命の芸術のコウサツの帰結として、当然そうなるのだ、ということだったのにちがいない。事実、わたしはそのような響きで聞いていた。

（そういわれれば）

たしかにミロは情けなかった。のどかで、エロチックで、ユーモラスで……。闘いの欠片さえもない。それにくらべるとそれらは闘っていた。

それでもわたしはどうしても頷けず、その人たちの間でしどろもどろになにかをいうしかなかった。なにをいっていたのだろうか。今では思い出せない。

それから何年してからだろうか。リアリズム文学派の河口司が、個人誌『三池文学』でピカソのゲルニカを絶賛していた。わたしは思わず吹き出さずにはおられなかった。

「河口さん、ゲルニカはリアリズムじゃありませんよ。モダニズム。アヴィニヨンの女たちの不評で封印していたキュビズムを開封したんです」

むろんというのか、わたしはそれを河口にはいわなかった。いわなかったけれども、河口がなぜゲルニカを絶賛したのかはわからなくはなかった。なんといっても作品ゲルニカにその力があったからだろう。そのことに河口は素直に感動したのにちがいない。「いいぞ、いいぞ」と、心躍りしながら。わたしはこのことを毛一筋ほども疑ってはいない。それでも吹き出したのは、河口が、

「キュービズムも、おもしろいなァ」

と、うっかりにも漏らさなかっただろうな、と思えたからだ。ここから先はおそらくになるけれども、河口はフランコに反対したピカソ、戦争に抗議したピカソが、絵よりも前にあったのにちがいない。

抵抗する画家ピカソ。

ましてピカソはフランス共産党の党員でもあり、鳩の画家でもあった。それがリアリズム派の河口の検閲をやすやすとくぐり抜けさせたのだろう。まさか過去の名作だからと遇したとはおもえない。このことがなんとなく想像され、わたしはおかしかったのだ。もし河口司が「モダンアートにも、いいものがあるんだね」とつぶやいていたら、もっと面白い小説が書けたのではないだろうか、とおもうときがある。というのも河口は北斎をもまた絶賛していたからだ。そんなときの河口の口ぶりをわたしは好きだった。しかし河口は文学を語り出すと、とたんにかたくなにリアリズムだけ派になった。

（どうしてだろう?）

リアリズム派のひとを見ていると、北斎を、ゲルニカを絶賛しながらも（浦上玉堂を、良寛の書を加えてもよい）、それを自分の芸術観や感性に繰り込むのを、拒んでいるように見えるときがある。その邪魔をしているのは、感性というよりも思想のようにおもえる。思想が「素直な悦び」を検閲している。わたしにはそう感じられるのだ。

（思想かあ）

吉田司の『宮沢賢治殺人事件』を数年前に読んだときも、そのことでわたしは躓いた。たしかになかなか痛快な本で、なんどか笑ったような記憶もある。「やるなあ」。それでも（これでは宮沢賢治は倒れんなあ）とつぶやくわたしがいた。というのも「これは状況論、もしくは賢治の思想論であって、賢治がしめしている

詩的言語の水準はいささかも論じられていない」と感じられたからである。わたしは詩を書く者である（と、いうことにしてもらいたい）。その書く者のひとりとすれば、状況論や思想論でケリがついたから「賢治はもう終わった」とは、なかなかいい切れない。素朴だがオソロシイ問いが、いつも詩を書く者である自身へ問い返してくるからだ。「賢治が見せた言葉の水準を、おまえは超えられるのか。超えられたのか」と。わたしはいさぎよくはなくとも、保留の道を歩くしかない。それが「詩・ことば」を考え続けるということではないだろうか。もともと思想や状況論で論破できる詩人など、はじめから詩人ではないのだろう。それでも残るなにか、がある、それが彼を詩人にしているはずだ。

話をもどせば、それらの人たちは、なぜリアリズムだけ派になったのだろうか。あれこれはあるだろうけれども、わたしは至極単純なことだったようにおもえる。抵抗の芸術、解放の芸術は、敵のいる芸術だったから、敵か味方かの二者択一が必然のものとなったのにちがいない。良寛の書など・・・。

芸術発展史というものがあるのだろうか。平成の焼きものよりも桃山のそれがいいと感じるときがあるわたしには、芸術発展史はなかなかなじみにくい。それでもリアリズムよりは社会主義リアリズムのほうが、という時代もあったのだから、それに近い考え方はあったのだといえないか。

ミロを好きなわたしが、それらの人たちの間で、しどろもどろにしか答えられなかったのは、わたしもまた抵抗の芸術派の仲間であったからにちがいない。（そういわれれば、ミロは闘っとらん・・・）

これではしどろもどろになるしかない。そんなわたしのミロ好きの理由をアッサリと語ってくれ、なによりも生の実感こそと示してくれたのは飯島耕一だった。前にもどこかで引いたけど、もう一度引用したい。

アラン・レネの映画「戦争は終わった」を見ても、バルセロナの近辺は、政治的、社会的に決して安穏な土地ではない。ただわれわれは遠くから、あの土地にミロがおり、ミロの彫刻が山中に立てられているということで、あの土地に一つの解放区を見るのである。ミロは理想的な革命後の物たちの表情をつかみとっている。それは引き裂かれているというよりも、なごんでおり、エロティックである。(『シュルレアリスムの彼方へ』イザラ書房)

——理想的な革命後の。

わたしのミロ好きの理由はここに尽きているのだろう。それを自分の言葉では語れなかったのだ。そのいのちの豊かさを、少年性を。力がなかったというしかない。哀れである。哀れではあるけれども(それでも、おれはミロが好きだ)と、隠れキリシタンのごとくミロを護りつづけた自分は、小さく首肯してやりたい。

そんなわたしでも、つぎのリアリズム論にはうなずけた。だれが書いていたのかは思い出せないけど、こう書いてあった。

リアリズムとは自分の感性を疑うことである。

ナマの歓びにこだわりつつも、わたしはそのワタシの感性を、時代の中で疑わなければならないようだ。それでも、明解だがエロスに欠ける野球解説より、三振して棒立ちになっている男の悔しさに、詩は近いようだなァとは思う。

詩人の歩み

内田　麟太郎（うちだ　りんたろう）

1941　福岡県大牟田市に生まれる。父は詩人内田博（本名・弘喜智）、母ハルノの長男。祖父母は柳川の人。麟太郎は本名。翼賛文学「隆盛」の戦時下に、文学を護り続けた武田麟太郎の名を付けたもの。母ハルノの兄は博とおなじくプロレタリア文学仲間竹本一夫（本名　加津夫）。大牟田市は三井三池炭鉱の街だった（1997年閉山）。

1945　3月頃より敗戦まで、博を荒尾松屋映画劇場に残し、家族は東郷村（現熊本県玉名郡菊水町）へ疎開する。

1947　3月 母ハルノ死去。享年28。戦災による校舎不足のため大正小学校に〈借家入学〉。3年後、中友小学校新築。卒業は同校である。

1948　博、マルエと再婚。お互いに二人の男児あり。さらに再婚により男児二人生まれる。麟太郎は継母マルエに愛されず、家出や万引きをくり返す。蓮根池でザリガニ釣り、鮒釣りなどして遊ぶ。漫画では手塚治虫、馬場のぼる、杉浦茂のファン。また、サトウハチローの詩のうまさにいつも感心していた。算数が苦手で九九が出来なかった。祖母に会うことで慰められていた。

当時（1951年）の大牟田市は人口は168450人。月刊誌『少年』に「雨」を投稿し掲載される。選者は神保光太郎。麟太郎は父に尋ねた。「神保光太郎って、どんな人」「戦犯詩人だ」。それっきり投稿できなくなった。戦時下の父の苦労は親戚からも聞かされいたからである。1937年、博は反戦統一戦線の件で久留米署に逮捕され転向声明をしている。しかし、わが詩を「悲しき矜恃」と呼びながら厭戦詩を書きつづけ敗戦を迎える。

1954　大牟田市立松原中学校入学。美術教師財保先生に出会い絵を好きになる。後年、絵本の世界に入ったときに大きい財産であったことに気づく。

1957　福岡県立大牟田北高等学校へ入学。美術部に入部、顧問は大嶺雄昭先生。絵を描きつつも詩集も読む。好きな詩人は、小熊秀雄、金子光晴、高村光太郎、中原中也、中野重治、三好達治など。

小野十三郎「現代詩手帖」、伊藤信吉「現代詩の鑑賞」をくり返し読む。

進学希望者の多い学校ではあったが、絵と詩に取り憑かれ学科はふるわず、勝手に「落第する勇気」を自分のスローガンにする。英語、数学、漢文の追試験を受けるも無事卒業。

同級生Yへの片想いをいだきつつ、中学生Fと交際していた。

1959　継母のことなど覚醒しているのが辛く、睡眠薬を愛用。時間を忘れさせてくれる映画館に入り浸り、自殺未遂。当時、市内に映画館は18館。

1960　春、継母マルエを殴り、3日後に上京。萩尾工芸（中野区）の看板見習となる。屋根裏部屋の住み込み。

博より「壺井繁治か遠地輝武を訪ねよ」という手紙をもらい、6月、遠地を訪ね、詩「河童」を置いてくる。

遠地宅を発行所とする『新日本詩人』の同人になる。

同人には松永浩介、片羽登呂平、西杉夫、村田正夫、博などがいた。

遠地は戦前の『詩精神』『詩人』の編集者。『詩精神』には岡本潤、小熊秀雄などがいた。博も参加している。

壺井を訪ねなかったのは高校時代に吉本隆明の「芸術的抵抗と挫折」を読み壺井に不信感を持っていたからである。後年、壺井にはなにかと親切にしてもらう。

西の三池、東の安保、と呼ばれた年であった。

1961　『新日本詩人』（8号　1月）に「河童」掲載される。第一作になる。

春、川崎市にあった現代書房（共産党経営）に転職する。同時に日本共産党に入党。日本民主青年同盟の班長などをする。遠地は共産党員であったがわたしの入党には反対した。「詩を書きたければ入るな。共産党の文化方針は・・・・」といった。しかし遠地は共産党員として生涯を終えている。

川崎にて渡辺裕子と出会う。

1963　渡辺裕子と結婚。ほどなくして現代書房を辞め杉並区へ。まだ党員ではあったが党の文学方針などに違和感を覚え悶悶として過ごす。

中野重治、佐多稲子の除名、また津田孝など党の文芸評論家の粗雑さに自然離党。「唯一前衛党離脱」という精神の支えを失い、精神の漂流を始める。しかし後に、この「唯一前衛党と民主集中制」という考え方こそ必然的に粛正を呼ぶとの確信を固めていく。

1967　遠地輝武没。66歳。『新日本詩人』20号にて廃刊。

『潮流詩派』（編集・村田正夫）同人となる。このころより詩に笑いが出てくる。嗤いだったろうか。

1971　第一詩集「これでいいへら」（潮流出版社3月10日）出版。奥付の住所は中野区大和町4-42-6とある。六畳一間のアパートに、生まれたばかりの長女弘美と3人暮らし。

数年後、『潮流詩派』を退会、『詩人会議』に参加。しかし詩観の相違を感じ、阿部圭司、八代信とともに同会を離れ『表現』を創刊。のち『方方』（かたかた）と改名。2020年12月廃刊。

1977　11月、京王線調布駅にて看板作業中、はしごごと転倒。第四腰椎圧迫骨折。2ヶ月間入院。看板工として復帰するのはむつかしく、子どもの本で生活していくことに決める。児童文学界は一人の知人もいない世界だった。

ナンセンス童話を書いていくと決めたが、当時の児童文学界は「リアリズムが主流」と麟太郎には判断され、無所属で行くことを決める。

1979　人間詩集シリーズ「内田麟太郎詩集」（青

磁社　2月15日）出版。同社は詩友阿部圭司経営。

月刊誌『子どもの館』（福音館書店）に、初めて童話「たべちゃった」が掲載される。翌年「腹の虫の腹の虫」も掲載。

「ここを足場にして、世に出て行く」と計画するも、同誌はすぐに廃刊。

1980　童話「たべちゃった」（太平出版社　絵・秋竜山　5月）出版。初めての童話本。翌年、童話「はらのむしのはらのむし」「どうぶつ語でしつれい！」も同社より。編集者は長津忠。

1982　季刊『飛ぶ教室』に「へんなこと、いった？」入選、掲載される。選者は今江祥智。さらに二作入選。今江の助言に従い投稿はやめ、折々に同誌に書いていく。

2月25日、父博、肝癌にて死去。享年72。

麟太郎は博が末期癌と知らされた前年8月より、ただちに博の最後となる詩集「童説」（青磁社・81年12月発行）の編集に入る。


1985　絵本「さかさまライオン」（絵・長新太　童心社）。初めての絵本。第九回にっぽん絵本賞受賞。これにより長新太とのコンビで絵本4冊を出す。編集者千々松勲。

長新太に「絵本には絵本のことばがある」「内田さんは詩人だから、詩のような言葉で絵本のことばを書くといいですね」と示唆される。しかし、そのような言葉で書いたものは、いずこでも出版を断られ、伊勢英子との絵本「はくちょう」（講談社　2003年）によりはじめて実現する。編集者塩見亮がいなければ出なかった絵本である。

同じ試みとしては、「みさき」（絵・沢田としき）、「うみべのいす」（え・nakaban）がある。いずれも佼成出版社。商業的には成功していないが、好きな作品である。

1991　詩誌『騒』同人になる。編集責任・暮尾淳。

日本児童文学者協会会員になる。
1996　詩集「あかるい黄粉餅」（石風社）出版。
日本現代詩人会会員になる。
1997　このころより「60歳までに少年詩集を出す」と決め、子どもの詩を書きはじめるも、現代詩の方法では、まど・みちお詩の与える悦びにはたどり着けないことを、つくづくと知らされる。しかし、某日、書いた「なみ」により、「これで少年詩が書ける」という自信を得る。
2000　少年詩集「うみがわらっている」（銀の鈴社）出版。はじめての子ども詩集。
このころ継母マルエに「愛さなくてごめんね」と謝られ、長年の自殺願望から解放されていく。それはロングセラーとなった絵本「おかあさんになるってどんなこと」（PHP　2004年）の誕生につながる。
2004　1月19日　継母マルエ死去。享年85。老衰。
2005　詩集「なまこ饅頭」（無極社　9月）出版。
2006　少年詩集「きんじょのきんぎょ」（理論社　9月）出版。これは「うみがわらっている」を読んだ伊藤英治の企画により「詩の風景」シリーズの一冊に加えてもらったものである。
エッセイ「絵本があってよかったな」（架空社　8月）出版。
2009　詩誌『騒』（77号）にエッセイ「秋山清と夢二と芋銭」掲載。
2010　少年詩集「ぼくたちはなく」（PHP　1月）。水内喜久雄編集。第15回三越左千夫少年詩賞受賞。
2012　「しっぽとおっぽ」（岩崎書店　5月）出版。
―8月号）に詩「ひばりに」掲載。

2013『日本児童文学』（11―12月号）にエッセイ「だじゃれは正義のためならず」掲載。
2014　少年詩集「まぜごはん」（銀の鈴社　5月）秋、菊永謙に新児童文学誌『ざわざわ』創刊への参加を求められ、孤立していた？少年詩人時代を終わらせるべく参加。
詩誌『騒』（100号　12月）終刊。
2015　児童文学誌『ざわざわ』（四季の森社）創刊。詩「ふくろう」ほかを発表。矢崎節夫、佐藤雅子、最上一平、西村祐見子、山中利子、いとうゆうこ、宮川健郎、はたちよしこ、林木林なども参加している。
詩誌『zero』創刊。会員は西杉夫、暮尾淳、新倉葉音、長嶋南子。麟太郎は詩「春爛漫」を出す。
2016『ざわざわ』3号　特集・内田麟太郎（四季の森社）。巌谷小波文芸賞受賞。
2017　詩の絵本「うし」（アリス館　2月）
5月　児童文化功労者賞受賞（日本児童文芸家協会）
2018　少年詩集「たぬきのたまご」（銀の鈴社　2月）同詩集で児童ペン大賞受賞（日本児童ペンクラブ）
2020　少年詩集「なまこのぽんぽん」（銀の鈴社1月）
光村図書『国語三年生』に「なみ」「みどり」掲載。
2021　詩の絵本「ひばりに」（アリス館　2月）
詩画集「空よ！」（アリス館　5月）
3月　日本児童文学者協会による大牟田児童文学セミナーに出席する。

◎絵本、童話、アンソロジーなどはエポックとなったもののみ記載した。

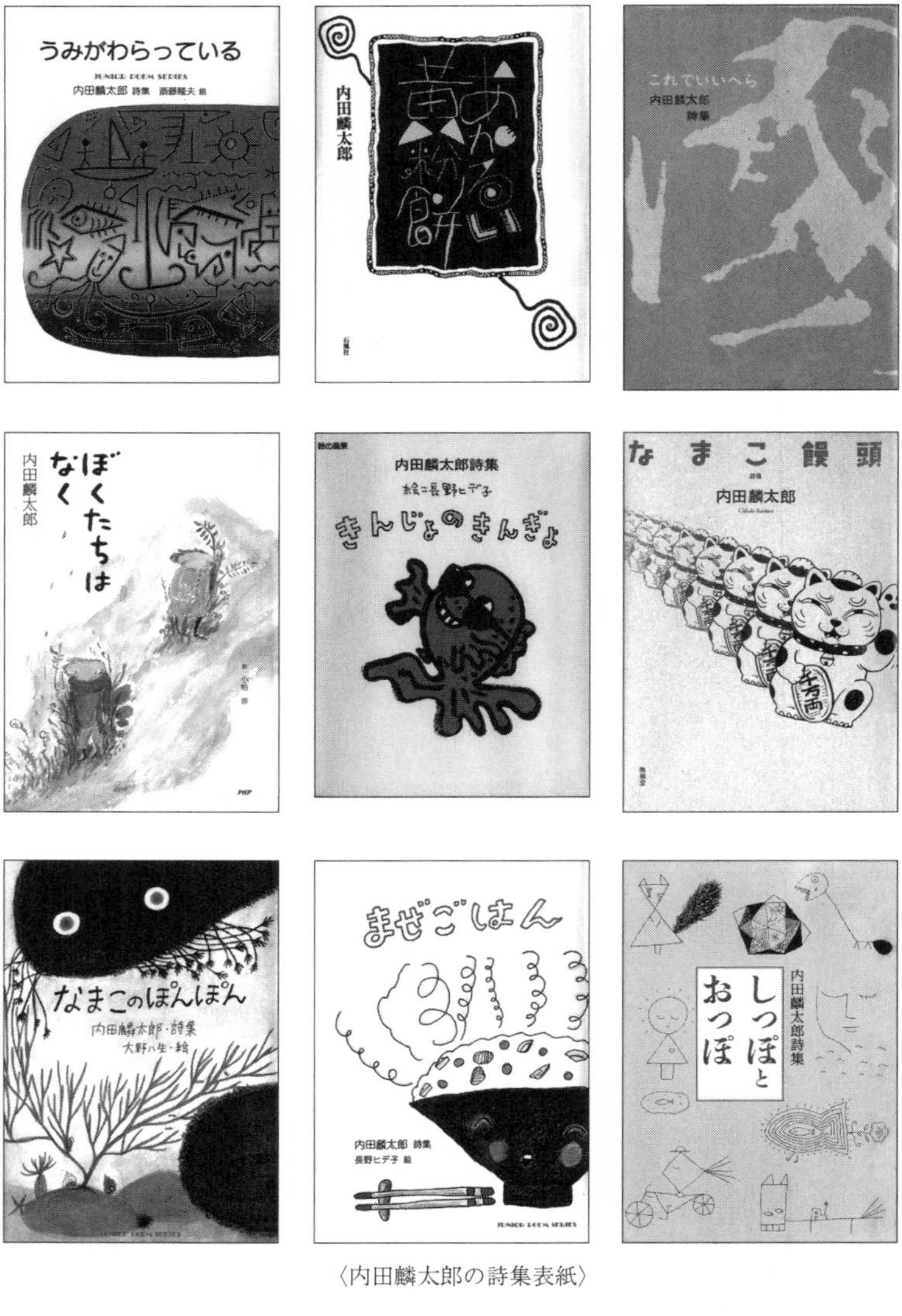
うみがわらっている
JUNIOR POEM SERIES
内田麟太郎 詩集 斎藤隆夫 絵
内田麟太郎
これでいいへら
内田麟太郎
詩集
内田麟太郎
ぼくたちはなく
PHP
内田麟太郎詩集
絵＝長野ヒデ子
きんじょのきんぎょ
なまこ饅頭
内田麟太郎
なまこのぽんぽん
内田麟太郎・詩集
大野八生・絵
まぜごはん
内田麟太郎 詩集
長野ヒデ子 絵
JUNIOR POEM SERIES
内田麟太郎詩集
しっぽとおっぽ

〈内田麟太郎の詩集表紙〉

詩人論・作品論

いいな、いいな、内田さん

矢崎節夫

内田麟太郎さんの作品を拝見すると、時々「あっ…ことばでどろんこあそびをしてるなあ」と思う。ことばをこねたり、こわしたり、まるめたり、それがおもしろい詩になる。

こねたり、こわしたり、まるめたりを何十回もして、つるつるだんごにして、そこからちょいちょいと抓んで、へ、へ、へ、へ、へ、へ、へ、へ、へ、へ、へと八列に並べて紙の上にのせると、なんと海が笑っている！『うみ』という詩は、「へ」という字だけで海を描いた、大らかで、広々とした傑作だ。

内田さんには、一緒になってどろんこあそびを楽しんでくれる、すてきなおともだちやともだちがいる。

そこからゆかいな絵本が生まれる。そんな時、ヨイトマケの唄をうたうのかもしれない。

『くじらさんのー　たーめなら　えんやこーら』（山村浩二絵・すずき出版）はヨイトマケの絵本だ。なんだ、なんだと頁をめくりながら、ヨイトマケ時代に育ったぼくは、ペンギンやあざらしやとどやしろくまが海に飛び込むたびに、「くじらさんのー　たーめならえんやこーら」と口ずさめて、大いに楽しかった。こんなゆかいなえんやこーらをさせてくれた、海の中のたこさんに感謝だ。

内田さんは砂遊びもとくいだ。おひさまをいっぱいにあびた砂を両手ですくって、さらさらと楽しそうにこぼしてくれる。それがあたたかい詩になる。

ほっきょく

どうぶつえんでうまれたしろくまは
こおりをだいている
きもちいいのか　うっとりとめをほそめ

ねむいような　ねむくないような、
しろくまは　きいている
どこかできいたことのあるなつかしいおとを

でも　それがなにかはおもいだせない
りゅうひょうをふきわたるかぜ
なきかわす　うみどりのむれ
とどのさけび
かあさんのおなかのなかできいていたもの
しろくまはだれにともなくつぶやく
「ぼくのすんでいたのは……」
「あったかいところだったなあ」

さらさらとあたたかい思いが心に積もってきて、だいすきな一編だ。ぼくのすんでいたのは……あったかいところだったなあとうたわれる内田さんのおかあさんは倖せだ。

内田さんの一番新しい詩集をいただいた時、「少年詩の世界についに阪田寛夫が生まれて、すごく嬉しい」というようなハガキを出した。本当にこの時は、少年詩の世界にやっと童謡における阪田寛夫が誕生したと嬉しかった。

まど・みちお師は、童謡を幼児の世界まで押し広げる偉業をなされたが、阪田さんは『おなかのへるうた』の中で「どうしておなかがへるのかな……かあちゃんかあちゃん　おなかとせなかがくっつくぞ」と、それまでなかった元気な男の子の生の言葉で歌ってくれたし、『さっちゃん』のような男の子の淡い恋心まで見せてくれた。このお二人は童謡の世界で生きている人間にとって恩人だ。

「童謡って何」と児童文学の住人らしい女性からきかれてびっくりしたことがあるが、「少年詩って何」と尋ねたいと思うこともある。

童謡が三世代が読め、口ずさめる詩であるのなら、少年詩は大人と子どもの間の少年少女の詩？なら。詩でいいんじゃないと喉まででかかってくるのを、ずっと押さえてきたが、内田さんの詩集を読んで、そのつかえがすうっと消えた。なんと自分の中の少年を開放して歌っているのだ。それこそ、ぶらんこあそびや砂遊び、その上少年のナイーブさまで。

曲がつかなくても、子どもたちが朗読してくれたらおもしろさがわかってくれるのが童謡と思っているぼくにとって、内田さんの詩は子どもたちが朗読して、きっとおもしろいだろうと思う。阪田さんの童謡のように、どなって歌ったり、朗読しても嬉しいにちがいない。

内田さんも阪田さんも、流派でいうと無手勝流だ。師はだれもいなくて、自分一人で生みだした流派だ。これはふつうの人生を過ごしてきた人にはまねのできない凄さだ。

このお二人に、そばで出合うことができただけでも、倖せだと本当に自分は思う。

内田さんの少年時代の写真を見た時、すみっこか、うしろに写ってた。シャイな内田さんがいた。

そういえば、昼寝をよくされるとご本人からきいた。当然だろうなあと思う。富士山がなわとびをしたり、大井川が背のびをしたり、(もっともこんな作品があるのかは分かりませんが、内田さんならあるような)とにかく奇想天外な作品を空想ではなく、リアルに書くということは、じつに大変なことで、日常の自分を脱ぎ捨てて、素の自分、生まれたての自分にならないと生まれてこない。

昼寝は創作の神さまに対する、内田さんの神聖な儀式だ。もちろん、儀式だけしてもだめで、修行僧のように自分を追い詰めている内田さんだからこそ、創作の神さまは贈り物をくださる。

内田さんは子どものベテランだから、伝えるべきことがいっぱいある。『ともだち』シリーズや『とおいほしでも』の絵本を拝見すると、おもしろいとか、ゆかいだけでなく、子どものベテランとして、大切なことをきちんと伝えていて立派だ。

長い間、お名前だけ知っていて、初めて雑誌『ざわざわ』の会合で二〇一五年にお逢いできた。その時の印象を一言。「湯上りのゆで卵のように、つるりとさっぱりしていて、あたたかい空気がまわりからたち上がっていた」

いいな、いいな、内田さん。

内田麟太郎の詩方法

言葉あそび詩から叙情詩まで

菊永　謙

内田麟太郎は、いろいろな書き方の出来る詩人である。ことば遊び、ナンセンス、サトウハチロー並みにひとを泣かす叙情詩まで、いろいろな手法を並べて読み手を惑わし、魅了する。批評のしようがない程に、自由自在な書き手である。すべてが素晴しいというのではない。中には粗雑な作品も目に付くのだが、詩集一冊の組み立てが、どっしりと構えた王道ではなく変幻自在。まさしくゲリラ戦法でまずは軽く読み手の肩肘をほぐし、時に肩すかしや肘鉄を喰わし、次のページでは、神妙な素振りで泣き事や嘆き節を並べ感傷に導く。文学性という厄介な薬味を時々振りまき、読み手の脳天をシビレさせるから困ってしまう。全くもって厄介な詩人である。

1　言葉へのアプローチ

私は、ことば遊び詩の否定論者ではない。ことば遊びの詩は、ことばの拡がりや飛躍を生み、思いも掛けないユーモアやおとぼけ、たわいない笑い、あるいは、凍りつくような真実の暴露もやってのける。袋小路に迷い込んでしまった今日の少年詩において、新たな活路を見い出す手法のひとつであろうとは思っていた。ただし、ただのことば遊びでは、やはり納得がいかないのも事実。もうひとつのひねりや変幻さや落し所がなければという思いが、強く何処かにある。私自身が叙情詩派の書き手ゆえにであろうか。

内田麟太郎の詩集から、やはり巧みだなあ、すごいなと思う詩作品を勝手に拾い上げてみよう。詩集『うみがわらっている』（銀の鈴社）から、作品「魚屋にて」を全行引いてみよう。

魚屋にて

うるめと
するめが
ならんでいた

ならんで
はなしをしていた
――かえりたいねえ　うみへ
――かえりたいなあ　うみへ

どちらもおもわず
なみだをながした
うるめはうるうると
するめはするすると

（ふんはらがすわってねえ）
さばははらをさばかれながら
さばさばしていた

三連までは、今までも多くのひとが書き表した詩の内容であろう。まど・みちおにも、海の方へ矢印を向けた有名なするめの詩がある。さばの登場によって、新しいことばの地平が見えて来るのである。内田麟太郎が、いくつかの絵本で時折見せる意外な結末に似た虚を突かれたさわやかさみたいなものを私は覚える。

同じ詩集から、作品「ん」を引いてみよう。

ん

あかん
いかん
あるけん
きこえん
まにあわん
たすからん
どうにもならん
死人
確認

誤認
かんにん

末尾がすべてそろえられたことば遊びの一例である。〈まにあわん〉〈たすからん〉〈どうにもならん〉と続けて、〈死人〉を〈確認〉した後に、〈誤認〉〈かんにん〉と、ドンデン返しをやって見せる。実に〈たまらん〉なと思う。しめやかにお坊さまの読経が流れる葬儀のさなかに棺のふたがゆっくりと持ち上がるような無気味さ、ブラックユーモアさえ漂わせている。ナンセンスとは、無意味、たわいないこと、馬鹿気たことの意を含むという。一見、馬鹿馬鹿しい、ふざけた遊びみたいなものにも、時として、新しい問い掛けやゆるやかな深まりが秘められているらしい。再び作品を読み直して、改めて、「ん?」「ん」、とうなずいてしまう。私は「ん」のようなことば遊び詩にまんまと引っかかり反応し、あらぬ想像を、否、妄想を抱いてしまった。他の読み手は、私が感受しなかったことば遊びに、心動かされているのかも知れない。ことば遊び詩の有利な側面は、それぞれの読み手に多義多種なイメージを喚起させる点であろう。詩は解《わか》るものではなく、感じるものである。

もうひとつ、私が成程、内田麟太郎の詩の独特な方法論につながるかもと手応えを感じた作品「すごい」を引用してみよう。詩集『ぼくたちはなく』(PHP研究所)より。

すごい

いじめ　じめじめ
いじめて　みじめ
いじめ　みぬふり　なおみじめ
いじめ　いじわる
いに　じに　わるし
かんぼうききます　やまだやっきょく
かんぼうきいて

いじわる　きえた
けさのうんちは　ふとくてすごい

まじめに、「いじめ」の話として読み行く者にとって、二連目において読み手は全く異質な場所へと導かれていく。それも強引に。起承転結の転が、常識を打ちこわしている。「いじめ」の文字が、「胃」と「痔」に化けて、〈漢方効きます〉と展開されている。山田薬局もさりげなく巧妙。この飛躍も、ひらがなを用いているゆえに可能なのだが……。三連目においては〈いじわるきえた〉と、もとの詩にもどして、そしらぬ顔をしているところが、流石に「すごい」と云えよう。成程と思う。もう一つあげると、作品「かける」も最終行〈いすに／かける〉がうまく着地しているし、内田麟太郎の詩法の一端を明示している。ことば遊び詩を次から次へ紹介し始めると、まんまと彼の術中に陥ってしまい、詩の評論家としてのプライドをずたずたに傷付けられるので、話題を変えよう。

2　インスピレーション詩について

内田麟太郎のもう一つの詩法例を提示してみよう。名付ければ、インスピレーション詩であろうか。一行詩を並べたものとも云えるだろう。詩集『ぼくたちはなく』（ＰＨＰ研究所）から。

せいかく

さめ―なにごとにもさめている
すずむし―なきむしである
くじゃく―めだちたがり
ドラキュラ―めんくい
かみさま―おせっかい
てんき―おてんきや
ゆうれい―しつこい
たつまき―ひねくれている
かげ―ひとりだちができない

ひとだま―うわついている
ほうかま―やけっぱち
みよちゃん―わからない

私たちの身の周りの物たちを一つ一つ取り上げて、それぞれの持つ性格をことば遊び―あるいは、ことばもじり風に並べて、読み手に多様なイメージを喚起させる。インスピレーション詩の切れ味も鋭い。

もう一編引いておこう。詩集『しっぽとおっぽ』（岩崎書店）から。

くちぐせ

タイのくちぐせ―たいしたもんだ
サケのくちぐせ―さけもってこい！
チョウのくちぐせ―ちょうしわるいの
ショウガのくちぐせ―しょうがない
ウマのくちぐせ―うまくない
スギのくちぐせ―すぎたことさ
ツキのくちぐせ―つきなみだね
タネのくちぐせ―やったね！
ヒトデのくちぐせ―ひとでなし！
ヒトのくちぐせ―ひとくちちょうだい

確かに、私たちの周りに居る者たちのいつものログせである。詩人はことばの狩人、思いついた時に、ひとつひとつメモして先々に備えているのだろうか。同じスタイルの詩作品に「初恋」、「かなしいとき」（『しっぽとおっぽ』所収）や「えらい」（詩集『うみがわらっている』所収）などがあり、詩人のことばへの向き合いに気付かされる。インスピレーション詩も、日頃から驚きのアンテナを心掛けていなくてはならない。自らの思考や思い付き、思惑を気にせず臆面もなく次々と差し出し、他人事のように振る舞うのも、詩を書く、詩を次々と書き続けられる秘訣なのかも知れない。もっと開き直って、自らをさらけ出さなくては、少年詩の多くのみなさん駄目ですよと、彼の詩たちがそそのかしている。

3　言葉あそびを越えて

最も新しい詩集『なまこのぽんぽん』（銀の鈴社）では、いっそうの言葉の切れに磨きがかかっている。例えば、作品「とり」を見てみよう。

とり

とり
うっとりして
とりみだした
とりみだして
とりかえしのつかないことをいった

——とりあえず　きみでも

とり
また

ひとり

「とり」の言葉あそびに見えて、読み行く者にはいくつかの情景が浮んでくる。どうやら、友だちを失ったのではなく恋する者を失ったらしいと気付かされる。〈うっとりとして〉が効いている。言葉あそびを越えて恋のはかなさ、切なさというリアリティを醸し出している。私の深読みであろうか。短い言葉の展開のなかで、わざと物語を作り出し、最後にはどんでん返しを打つ。あざとい手法を、少年詩の世界に持ち込んでみせる。例えば作品「真実」「ききかいかい」「み」「やまびこ」など、見事に詩人の手品、魔術に取り込まれてしまう。作品「ききかいかい」を念のために引いておこう。

ききかいかい

ホラガイに
——うそつきかい?

ときくと
——1かい。
とにやりとわらうって
まほうつかいに
——ほんとうかい？
ときくと
——かけられたいかい。
とにらむって

（それはそうかもしれないけれど）

かおりちゃんがとおる
ぼくののうみそ
くうちゅうぶんかい

成程と唸るほどに上手に作られている。「かい」の繰り返しが効いて、奇々怪々な世界が、心を寄せる「かおりちゃん」の登場によって、いっそう生々しい情念に満ちた怪しい空間に変容していく。内田麟太郎の詩において、その詩作法を解き明かすのは、なかなかに難しい。読み行く者は詩行を辿りつつ、その意味や論理、また多義的な意味合いを追いながら物語やイメージを作り出そうとする。だが、作品の終行に至ると、突然に、あるいは十分に配慮され計算通りに、それまでの意味を見事に壊して、心の浄化へと導く。

一方において、詩行が「順接」のままに、物語を成就させて読む者の心を満々させる作品にも出会う。例えば、作品「こえ」なども魅力的な世界を手渡してくれる。

こえ

ゾウははなすことができる
森のむこうの森にいるなかまとも
クジラもはなすことができる
海のむこうの海にいるなかまとも

ひとにはきこえない声だけれど
遠くまでとどく声で

ぼくもはなしている
遠くまでとどく声で

きのう星になったおとうさんと

作品「こえ」においては、動物の「ゾウ」や「クジラ」が、〈ひとにはきこえない声だけど／遠くまでとどく声で〉、お互いに意志を交わし合えると語りながら、遠い夜空の星となったおとうさんとぼくも心を通わすことが出来ると告げている。ひとは心のうちで遠くへ立ち去った者とも親しく心と心を触れ合わすことが出来るのだ。詩人は、ひとの生きていることの尊さや親子や家族の秘められた深い情愛をさりげない短い詩行のうちに暗示し、語り、悟らせようとしている。
内田麟太郎の詩について思い巡らすとき、心に残る作品として「ともだち」がある。

ともだち

パンダはパンダ
リンゴじゃない

リンゴはリンゴ
ワニじゃない

ワニはワニ
ぼくじゃない

ぼくはぼく
きみじゃない

きみはきみ
ぼくじゃない

ちがっていたから
であえたね

とても軽やかにものの存在を歌った、あるいは、描いた詩である。テンポ良く、理屈抜きで、ものの持つ独自性を並べて、最後に〈ちがっていたから／であえたね〉と語られる。ふと幾人かの詩行を思い浮べる。与田準一の哲学的、多面的、論理的な作品「メロン」とも異なるし、まど・みちおの作品「リンゴ」とも相応に異なるだろう。〈リンゴが　ひとつ／ここに　あることと／ないことが／まぶしいように／ぴったりだ〉（「リンゴ」の終連部）。これはこれで、すぐれた存在の有り様を提示しているが、内田麟太郎の世界とは相異なるであろう。あえて云えば、金子みすゞの作品「私と小鳥と鈴と」の終行〈鈴と、小鳥と、それから私、／みんなちがって、みんないい〉を、もっと軽やかに子どもの側に引き寄せているとでも云えようか。もっと私たちのありふれた日常に引き寄せ、軽妙にものごとの、存在の真実に触れさせてくる。ロングセラーの絵本『おれたち、ともだち』シリーズ（偕成社）の作者故に辿り着いた詩境であろうか。内田麟太郎の至りついた詩作のある境地を提示している。別の側面から見れば、詩集『なまこのぽんぽん』自体が、画家の大野八生との大胆な共同作業による詩絵本、詩画集とも呼べる。制作意図が自ずと浮び上がり、その意味でも斬新な詩の空間を提示し、切り拓いたとも云える。

内田麟太郎は高校生の頃から、父親の詩人・内田博の影響も受けて現代詩を書き続けて来た。当初は時代的な環境もあって社会性や政治性を含む詩を書いているが、徐々に常識や制度、党派性などのタブーに対して右にも左にも痛烈な言葉のパンチを浴びせ、エロ、グロ、テロ、ナンセンス、笑いの詩、卑猥極まりない性愛の詩まで書いている。この臆面のなさが、少年詩——こども詩においては変幻自在なことば遊び詩からナンセンス詩、ほかの詩人たちとは全く異なる乾いた泣ける叙情詩へと転化している。その意味でも絵本の世界のみならず、少年詩の領域においてもクーデター、もしくは革命を起こしていると云えよう。

4　哀切な叙情の世界

内田麟太郎の詩行は、時々、ひとを泣かせる。しんみりと生きていることの切なさと哀しみと喜びを、読みゆく者に手渡していく。いつだったたか、サトウハチローの詩が好きだった時期があったと耳にしたことがある。成程と思って安心したことがある。例えば、次の作品「なけたらいいね」を詩集『ぼくたちはなく』から引いてみよう。

なけたらいいね

なけたらいいね
ゆうひのまちを　みていたら
しんだとうさん　おもいだし
しずかにしずかに　なけたらいいね

なけたらいいね
とおいあかりを　みていたら
びょうきのじいちゃん　おもいだし
しくしくしくしく　なけたらいいね

なけたらいいね
ないてかえって　かあさんに
ぎゅっとだかれて
なけたらいいね

夕日の町を、遠い明りを、過ぎていく季節を、遠い日々のことを思う時、ひとはどうして泣きたくなるのだろう。子どもの頃のように、訳もなく泣き続け、そして〈かあさんに／ぎゅっとだかれて／なけたら〉どんなにいいのだろう。多くのひとが、かあさんに抱きしめられ深い安堵を得た経験を持っている故に、この詩行は遠い日の郷愁として甦ってくるのだろう。

彼の場合は、少し異なるようである。少年の日に、母の愛に飢えて、〈ヤンマよ　カナブンよ　クマゼミよ〉〈ドンコよ　フナよ　ザリガニ〉などの命を時に奪い、〈タンポポよ　レンゲよ　カラスノエンドウ〉の草花を摘む他なかったらしい。長い人生を歩み来て、遠い日の母や父や継母に再び寄り添おうとする少年を心の裡に秘めている詩人に、夕陽は、遠い明りは一層まぶしく、切なくゆらめき、ひとにおける幸せの意味を、幸せの味わいを静かに問い掛けて来る。

内田麟太郎の叙情的な作品で最も切なく痛々しく心に残る「青い山」を引いて、拙い稿を閉じようと思う。故郷への、また少年の日の自分への哀切な想いが滲み出ている。

青い山

さびしくなるとデパートへ行った
屋上に小ザルがいた
広いおりにたった一ぴきで
ぼくを見つけると
いつもかけよってきた
ひとりと一ぴきは手をにぎりあった
小さな小さな手だった
それからだまって遠くを見た
遠くには青い山が見えた

小ザルはあの山から来たのだろうか
いや街で買われてきたのだろう
万引きでつかまり
ぷっつりと行けなくなったデパート
あれから半世紀
小ザルはとっくに亡くなっているだろう
ひとりぼっちのまま

継母にうとまれた子どもと
さびしい小ザルと
だまって見ていた青い山は
いまもあるけど

現代こども詩文庫　2
内田麟太郎詩集

発行日　2021年5月25日　初版第一刷発行

著者　内田麟太郎
企画・編集　菊永　謙
カバー絵　大井さちこ
装丁　落合次郎（原案）＋廣田稔明

発行者　入江真理子
発行所　四季の森社
〒195－0073
東京都町田市薬師台2－21－5
電話042－810－3868
MAIL sikinomorisya@gmail.com

印刷　シナノ書籍印刷株式会社
ISBN978-4-905036-26-5　C0392